DAS GRAUEN

Unter den vielen klassischen Werken von L. Ron Hubbard

Battelfield Earth
Beyond the Black Nebula
Buckskin Brigades
The Conquest of Space
The Dangerous Dimension
Death's Deputy
The Emperor of the Universe
Fear
Final Blackout
Forbidden Voyage
The Incredible Destination
The Kilkenny Cats
The Kingslayer
The Last Admiral
The Masters of Sleep
The Mission Earth Dekalogy*
The Mutineers
Ole Doc Methuselah
Ole Mother Methuselah
The Rebels
Return to Tomorrow
Slaves of Sleep
To the Stars
Typewriter in the Sky
The Ultimate Adventure
The Unwilling Hero

ERHÄLTLICH IN DEUTSCH

Kampf um die Erde:
Band 1: Menschheit in Gefahr
Band 2: Geheimnis enthüllt
Band 3: Die Vergeltung
Mission Erde Dekalogie*:
Band 1: Menschheit in Gefahr
Band 2: Der Anfang vom Untergang
Band 3: Der Feind im Innern
Band 4: Eine bizarre Affäre
Das Grauen

*Dekalogie: ein Werk bestehend aus zehn Bänden.

DAS GRAUEN

L. RON HUBBARD

NEW ERA Publications Deutschland GmbH

Herausgegeben von
NEW ERA Publications Deutschland GmbH
Bahnhofstr. 40
D-21629 Neu Wulmstorf

Lizenz durch die Muttergesellschaft:
NEW ERA® Publications International ApS
Store Kongensgade 55, DK-1264 Kopenhagen K
Dänemark

Erste deutsche Auflage

Übersetzt von Eckard Junge

DAS GRAUEN
Originaltitel: *Fear*

ISBN 3-929284-11-1
Originalausgabe: ISBN 0-88404-759-8
Bridge Publications, Inc. Los Angeles

Druck in Dänemark

ANMERKUNG DES AUTORS

Eines wünsche ich mir - der Leser sollte sich bei der Lektüre dieser Erzählung stets bewußt sein, daß sie allem Anschein zum Trotz einer zwingenden Logik folgt. Es ist keine nette Geschichte, und man sollte sie lieber nicht einsam um Mitternacht lesen; denn was hier berichtet wird, könnte tatsächlich jedem passieren. Auch Sie könnten schon heute vier Stunden Ihres Lebens verlieren und bebend in James Lowrys Fußstapfen treten.

– L. Ron Hubbard

VORWORT

Manchmal gelangt auf den Schreibtisch eines Redakteurs eine so kunstreich gesponnene Erzählung, daß es ein unermeßliches Vergnügen bereitet, sie dem Leser zugänglich zu machen. *Das Grauen* ist ein solches Werk. Überdies findet es nicht nur beim Publikum großen Anklang, sondern auch viele andere Spitzenautoren - von Ray Bradbury bis Isaac Asimov - loben es ehrerbietig als unvergeßlichen, zeitlosen Klassiker.

Die vor über fünfzig Jahren verfaßte Erzählung hat nicht nur dem Zahn der Zeit widerstanden; sie wird außerdem von Literaturhistorikern wie David Hartwell dafür gepriesen, 'die Grundlagen der zeitgenössischen Horrorgattung' verwandelt und maßgeblich beeinflußt zu haben.

Um große Werke ranken sich meist Legenden. Robert Heinlein, der mit L. Ron Hubbard eng befreundet war, gab gern die Anekdote zum besten, daß *Das Grauen* während einer einzigen Bahnfahrt von New York nach Seattle aus Hubbards Feder floß.

Letztendlich zählt jedoch vor allem die Wirkung auf den Leser. *Das Grauen* hält, was es verspricht.

Stephen King, der unangefochtene Meister des heutigen Horror-Genres, bringt die historische Bedeutung dieses Werks auf den Punkt:

„L. Ron Hubbards *Das Grauen* ist eines der wenigen Bücher aus der Horror-Gattung, dem die so überstrapazierte Bezeichnung 'Klassiker' wirklich zusteht. Wenn Sie nichts dagegen haben, daß es Ihnen eiskalt den Rücken herunterläuft, und wenn Sie niemals *Das Grauen* gelesen haben, dann fordere ich Sie auf, dies zu tun ... Dies ist eins von den wirklich, wirklich Guten."

Er steht mit seinem Urteil nicht allein. *Das Grauen* kann heute oder nach weiteren fünfzig Jahren gelesen werden - der Horror, den das Buch vermittelt, ist unsterblich.

Woran liegt das?

L. Ron Hubbard hat etwas vollbracht, was keinem anderen Autor vor ihm gelungen war. Ohne übernatürliche Repertoirefiguren einzuspannen, wie etwa Werwölfe oder Vampire; ohne auf extreme Schauplätze zurückzugreifen: Spukschlösser auf einsamer Bergspitze, Kellerlabors, fremde Planeten; und ohne superpsychotische Hauptpersonen wie Freddy Krüger oder Norman Bates - einfach von völlig normalen Umständen ausgehend, führt er in diesem Werk einen alltäglichen Menschen in eine höchst plausible, aber außergewöhnliche *Hölle* hinab.

Warum ist *Das Grauen* eine so eindringliche Geschichte? Weil sie passieren *könnte*. Und *das* ist entsetzlich.

Die Einfachheit dieser Voraussetzungen hat einen weit nachhaltigeren Beifall ausgelöst als tausend Bücher voller Wölfe, die in einer „finsteren, stürmischen Nacht" zum Mond hinaufheulen.

Sollten Sie also keine Angst vor dem *Gewöhnlichen* haben, halten Sie das richtige Buch in der Hand.

Aber sagen Sie nachher nicht, wir hätten Sie nicht gewarnt ...

DIE HERAUSGEBER

KAPITEL

I

An jenem herrlichen Frühlingstag mochten im Büro von Dr. Chalmers, der an der Klinik des Atworthy College praktizierte, zwei kleine Luftgeister auf der Lauer liegen. Sie verdrückten sich bestimmt in den Schatten hinter der Tür, um dem warmen Sonnenlicht zu entgehen, das mild auf den Teppich fiel.

Professor Lowry knöpfte sich das Hemd zu und fragte: »Ich habe also noch ein Jährchen zu leben, oder?«

»Machen Sie noch mal achtunddreißig daraus«, munterte ihn Dr. Chalmers lächelnd auf. »Ein Kerl von Ihrer Konstitution braucht sich wegen Malaria nicht weiter zu sorgen, selbst wenn das gemeinste Sporentierchen von Yucatán angebissen haben sollte. Mit etwas Schüttelfrost müssen Sie freilich rechnen, aber das halten Sie schon durch. Wann geht es übrigens wieder nach Mexiko?«

»Wenn's nach meiner Frau geht - nie wieder!«

»Hätte ich eine so entzückende Frau wie Ihre Mary«, entgegnete Chalmers, »könnte gern ein anderer losziehen, um sich in Yucatán Malaria zu holen. Und überhaupt«, - er versuchte sich einzureden, daß er den weitgereisten Ethnologen von Atworthy nicht beneidete - »ich begreife sowieso nicht, was Leute Ihres Kalibers sich davon versprechen, in fremden Ländern herumzustöbern.«

»Tatsachen«, erwiderte Lowry trocken.

»Das wird es wohl sein. Primitive Opferriten, Dämonen und Teufel ... Ihren Artikel im *Newspaper Weekly* vorigen Sonntag fand ich übrigens sehr beeindruckend.«

Die Tür bewegte sich ein wenig; vielleicht lag es an der frischen Brise, die durchs Fenster hereinwehte.

Lowry bedankte sich; er versuchte seine Freude über das Kompliment für sich zu behalten.

»Aber Sie haben natürlich den Kopf in die Schlinge gelegt«, meinte der junge Arzt. »Selbst Tommy, Ihr Freund, hat ganz schön getobt. Sie sind wohl seinen geliebten Dämonen und Teufeln zu nahe getreten.«

»Er spielt sich gern ein bißchen auf«, sagte Lowry. »Aber wie meinen Sie das - <den Kopf in die Schlinge gelegt>?«

»Sie kennen Jebson noch nicht richtig, weil Sie dauernd unterwegs sind«, erklärte Chalmers. »Es fehlte nicht viel, und er hätte einen jungen Mathematiker ans Kreuz geschlagen, weil der es gewagt hatte, in einer wissenschaftlichen Fachzeitschrift den Namen Atworthy zu gebrauchen. Falls Sie Glück haben, hat unser geschätzter Rektor den Artikel nicht gesehen. Ich kann mir auch nicht vorstellen, daß der alte Wichtigtuer seine Nase ins *Newspaper Weekly* steckt.«

»Ach so. Ich dachte schon, Sie spielen darauf an, daß ich die Existenz solcher Phänomene abstreite.«

»Mag sein, auch das«, sagte Chalmers. »Wenn es drauf ankommt, ist der Aberglaube doch tief in uns verwurzelt. Nun kommen Sie daher und ziehen in aller Öffentlichkeit über den alten Glauben her, daß Krankheit und Elend durch Dämonen verursacht werden. Um das

Schicksal sozusagen mit Dreck zu bewerfen, müssen Sie außerordentlich selbstsicher sein.«

»Warum auch nicht?« fragte Lowry lächelnd. »Kann denn irgend jemand behaupten, einem Geist persönlich begegnet zu sein? Zumindest gibt es keine hinreichend dokumentierten Beweise.«

»Und die Visionen der Heiligen? Die würden Sie auch nicht gelten lassen?«

»Jeder, der sich hartnäckig aushungert, kann mit Visionen rechnen.«

»Trotzdem - «, meinte Chalmers, »ich halte es für reichlich gewagt, wenn Sie als Belohnung für einen echten Dämon Ihren Kopf in einem Korb anbieten.«

»Wer mir einen echten Dämon zeigt, dem will ich getrost meinen Kopf in einem Korb überreichen«, bestätigte Lowry. »Aus dem Munde eines Wissenschaftlers klingen Ihre Worte sehr befremdlich, mein Lieber.«

»Ich habe mich oft genug in psychiatrischen Stationen umgeschaut«, sagte Chalmers. »Zuerst dachte ich, es liegt bloß am Patienten, aber nach und nach meldeten sich ernste Zweifel. Sie wissen ja - angeblich lockt der Vollmond die bösen Geister hervor. Haben Sie schon einmal die Wahnsinnsausbrüche einer Station voller Psychopathen gesehen, wenn wir Vollmond haben? Das Tohuwabohu hält drei Nächte lang an.«

»Unsinn!«

»Vielleicht.«

»Chalmers, in meinem Artikel wollte ich aufzeigen, wie sich der Glaube an übernatürliche Kräfte entwickelt hat, und daß die wissenschaftliche Aufklärung diesem unbestimmten Schrecken endlich ein Ende setzte. Jetzt werden doch Sie nicht daherkommen und behaupten, daß Sie einen Grund hätten, meine Forschungsergebnisse anzuzweifeln.«

»Ach, na ja« - Chalmers begann zu lachen - »wir wissen beide, daß die <Wahrheit> eine abstrakte Größe ist, die wahrscheinlich nicht existiert. Setzen Sie Ihren Kreuzzug gegen Teufel und Dämonen ruhig fort, Professor Lowry. Falls diese Ungeheuer dann sauer werden, argumentieren Sie sie einfach in Grund und Boden. Ich behaupte ja nicht unbedingt, daß es sie gibt. Ich fände es bloß seltsam, wenn das menschliche Dasein ein solches Jammertal wäre, ohne daß eine zerstörerische Kraft aktiv dazu beiträgt. Ob es nun am Schwingungsrhythmus der Elektronen liegt oder ob Luft-, Erd- und Wassergeister sich gegen uns verschwören, weil sie uns das kleine irdische Glück mißgönnen - das weiß ich nicht, und es soll mir egal sein. Jedenfalls ist es beruhigend, auf Holz zu klopfen, wenn man den Mund zu voll genommen hat.«

Lowry schlüpfte in seinen Mantel. »Ich muß also aufpassen, daß mich nicht die Kobolde holen.«

»Das werden sie ganz bestimmt, falls Jebson den Artikel gelesen hat«, warnte ihn Chalmers.

Wieder bewegte sich die Tür, um eine Winzigkeit - sicherlich nur der linde Frühlingshauch, der durchs Fenster hereinzog.

Munter seinen Spazierstock schwenkend, trat Lowry in den Sonnenschein hinaus. Er genoß es, wieder zu Hause zu sein. Die heimischen Gefilde umfingen ihn mit gewohnten Düften, vertraute Kulissen nahmen ihn freundlich auf. Denn abgesehen vom Wechsel der Jahreszeiten erschien das Städtchen ewig im alten Kleid, und selbst die Studenten blieben sich gleich. Jedes neue Gebäude, das fürs Atworthy College errichtet wurde, sah irgendwie schon alt und mürbe aus, lange bevor der Richtkranz gesetzt war. Die schläfrige Einförmigkeit dieses Orts wirkte wohltuend auf einen Mann, dessen Augen nur allzu lange den Glanz einer sengenden Sonne auf rotbraunem Sand ertragen mußten.

Während er zu seinem Büro spazierte, fragte er sich, warum er das Städtchen überhaupt verlassen hatte. Die mächtigen, knospenden Ulmen, die gähnenden Studenten, die sich auf dem saftigen grünen Rasen räkelten, bunte Jacken, ein sanftblauer Himmel, alte Gemäuer und rankender Efeu ...

Momentan flackerte die Erinnerung an den Ursprung seiner Wanderlust in ihm auf. Ein Diebstahl im Schlafsaal, der schwere Vorwurf, Verweisung und Schande; erst drei Jahre später - drei Jahre zu spät, um das Brandmal ganz zu entfernen - hatte man ihn endlich erreichen können, um ihm mitzuteilen, daß bereits eine Woche nach seiner Flucht der wirkliche Übeltäter entlarvt worden war. Die flüchtige Erinnerung erfüllte ihn erneut mit Scham, als müßte er den ersten Menschen, der ihm begegnete, demütig um Verzeihung bitten.

Aber das verging. Das Gefühl der Erniedrigung verflog, und die frühlingsschwangere Luft umwehte ihn mit neuer Hoffnung. Der Duft der feuchten Erde stieg zu ihm auf. Hoch fliegende Wolken, in reißender Fahrt dahingetrieben, warfen wechselhafte Schatten über Straßen und Rasenflächen. In Bodennähe spielte der Wind mit Überbleibseln des letzten Herbstes, wirbelte tote Blätter aus den Winkeln hervor, fegte sie über das Gras und gegen die Bäume; als wollte er sie verjagen, um für die nächste welke Ernte Platz zu schaffen.

Nein, in diesem ruhigen, selbstzufriedenen Mekka der höheren Bildung blieb nahezu alles beim alten. Vor fünfundzwanzig Jahren spazierte Franklin Lowry, sein Vater, dieselbe Straße entlang; vor fünfzig Jahren Ezekiel Lowry desgleichen. Und nicht nur einmal; als Erwachsene beschritten sie fast täglich diesen Weg, und als sie schließlich tot waren, fuhr der Leichenwagen hier entlang. Nur James Lowry hatte, wenn auch geringfügig, mit dieser Tradition gebrochen, aber James Lowry in seiner stillen, oft geradezu dickköpfigen Art wich in mancherlei Dingen aus dem eingefahrenen Gleis. Er war der erste Lowry, der den soliden akademischen Ruf ein wenig besudelte, und sicher der erste Wandervogel seines Geschlechts. Aber schon als Junge hatte er sich merkwürdig aufgeführt; er war zwar kein schwieriges Kind gewesen, doch immerhin etwas seltsam.

In einem großen, grabesstillen Haus wuchs er auf, wo kein Wort weniger als drei Silben umfaßte, und wenn man ihn überhaupt beachtete, dann hieß es meistens »Psch!« Zwangsläufig erbaute sich der kleine James aus Traumgespinsten seine eigene, persönliche Welt. Würde er heute in diesem ehrwürdigen alten Haus nachforschen, könnte er mit Sicherheit die stillen Gefährten seiner Kindheit, sorgsam versteckt, unter den gleichgültigen Dielen wiederfinden - Swift, Tennyson, Carroll, Verne, Dumas, Gibbon, Colonel Ingram, Shakespeare, Homer, Khayyam und all die unbekannten Schöpfer der Mythen und Legenden ferner Länder hatten ihm als Berater, Begleiter und Spielkameraden zur Seite gestanden, ihn aus dem Ramsch und Staub seiner Vorväter entrückt und ihm seltsame Ideen zugeflüstert. In kindlichem Staunen, die Wangen mit Marmelade und Spinnweben verschmiert, hatte er all das in sich hineingeschlungen.

Dennoch erwartete James Lowry, als er nun in der Frühlingssonne einherschritt, daß auch er jahrzehntelang durch diese Straße kommen würde, vorbei an denselben Läden mit Wimpeln im Schaufenster, vorbei an den immer gleichen Studenten in ihren grellen Jacken, denselben alten Ulmen und uralten Mauern; und auch ihn würde man wohl eines Tages in einem Leichenwagen über dieses Pflaster befördern, zur letzten Ruhestatt neben seinen hochgelehrten Vorvätern.

Er konnte sich glücklich schätzen. Er hatte eine bezaubernde Ehefrau; einen ehrlichen und klugen Freund, einen Gentleman; er hatte eine respektable Stellung und genoß einiges Ansehen als Ethnologe. Ein Anflug von Malaria, na und? Das verging wieder. Was machte es schon aus, wenn einige Leute ihn nicht verstanden, solange sie ihn respektvoll und sogar freundlich behandelten? Das Leben war angenehm. Es lohnte sich, auf der Welt zu sein. Was konnte man mehr verlangen?

Einige Studenten kamen vorbei; zwei von ihnen, durch die Streifen am Pullover als Athleten ausgewiesen, legten die Hand an die Mütze und nannten ihn »Sir«. Eine Professorengattin, hinter der sich in angemessenem Abstand ein schwer beladenes Dienstmädchen abschleppte, grüßte ihn lächelnd mit einem Kopfnicken. Ein Mädchen aus der Bücherei sah ihm ein Stück weit nach; unbewußt ging er gleich straffer und aufrechter. In der Tat, an seinem Leben war nichts auszusetzen.

»Professor Lowry, Sir.« Ein blutarmer Bücherwurm trat vor ihn hin, ein Hilfsassistent an irgendeiner Fakultät.

»Sie wünschen?«

Der junge Mann war ein wenig außer Atem; er mußte kurz Luft holen, während er dort stand und eine elende Mütze in den Händen knetete, um deutlicher sprechen zu können. »Sir, Mr. Jebson sah Sie eben vorbeikommen und hat mich nach Ihnen ausgeschickt. Er möchte Sie sprechen, Sir.«

»Danke«, sagte Lowry. Er machte kehrt und näherte sich dem geschwungenen Pfad, der zum Verwaltungsgebäude führte. Er machte sich weiter keine Gedanken wegen dieser Vorladung, denn Jebson vermochte ihn nicht sonderlich einzuschüchtern. Rektoren kamen und gingen, und einige dieser Herren über Atworthy hatten ihre Mucken; daß Jebson ein verknöcherter Pedant war, hatte nichts zu bedeuten.

Die Vorzimmerdame sprang auf, öffnete ihm die Tür und murmelte: »Er wird Sie sofort empfangen, Sir.« Lowry trat ein.

Gelegentlich hatte ein neuer Rektor dieses Büro um ein Möbelstück bereichert oder sogar die Ausgestaltung verbessern wollen. Aber das Alter der Wände vermochte den Anstrich Lügen zu strafen, und der Fußboden hatte zu viele Teppiche verschleißen sehen, als daß ein weiterer ihn beeindrucken konnte. Die Konterfeis toter Männer starrten frostig aus ihren Bilderrahmen. Eine blinde Cicero-Büste wachte über ein Regal voller ungelesener Bücher. Die Sessel waren so tief und vorsintflutlich, daß man befürchten mußte, sie enthielten allerlei versunkene Moorleichen.

Jebson stierte aus dem Fenster, als ob allein sein herrischer Blick den Zusammenbruch der ganzen sichtbaren Außenwelt verhindern könnte. Er schaute sich nicht um, sondern befahl nur: »Nehmen Sie Platz, Lowry!«

Lowry saß da und betrachtete seinen Rektor. Der Mann war furchtbar dünn, alt und weißhaarig - und so steif, daß er nicht aus Fleisch und Blut, sondern eher aus Gips zu bestehen schien. Jedes seiner Lebensjahre hatte die strengen Furchen in seinem mürrischen Gesicht noch tiefer eingegraben. Jebson stand bewegungslos, denn er bildete sich etwas darauf ein, keine nervösen Marotten zu haben. Lowry wartete.

Endlich öffnete Jebson eine Schublade und zog eine teilweise bunt bedruckte Zeitung hervor. Umständlich entfaltete er sie vor sich auf dem Tisch. Er half mit dem Federhalterständer nach, bis sie wirklich gerade lag.

Lowry war bis jetzt die Ruhe selbst gewesen. Der Artikel im *Newspaper Weekly* war ihm völlig entfallen. Aber trotz Jebsons demonstrativer Vorbereitung entspannte er sich wieder, denn hier war doch sicher nichts zu tadeln.

»Lowry«, hub Jebson an, nahm einen Schluck Wasser, der sich, nach seiner Miene zu schließen, offenbar als

Essig entpuppte, und hielt sich das Glas vors Gesicht, um fortzufahren: »Lowry, wir haben uns von Ihnen eine Menge gefallen lassen.«

Lowry nahm eine straffere Haltung an. Innerlich aber kroch er tief in sich zusammen. Ängstlich beobachtete er Jebson aus den großen Schatten seiner Augen heraus.

»Sie wurden hier gebraucht«, stellte Jebson fest, »aber Sie zogen es vor, in einem versunkenen, unwiederbringlich verlorenen Land umherzuirren, mit gottlosen Völkern zu verkehren und nach Schnickschnack zu scharren, wie ein Hund, der einen vergrabenen Knochen sucht.« Jebson verharrte in bassem Erstaunen angesichts seiner eigenen originellen Vergleiche. Aber er faßte sich gleich wieder. »Atworthy hat Sie finanziert, als Atworthy nichts anderes als neue Gebäude hätte finanzieren sollen. Atworthy wurde nicht auf bodenlosem Unsinn erbaut.«

»Ich bin hinreichend fündig geworden, um meine eigenen Expeditionen zu bezahlen«, warf Lowry ein. »Die Zuschüsse wurden bereits vor drei Jahren rückerstattet.«

»Lassen wir das. Unsere Institution dient dem höheren Zweck, die Intelligenz und die Jugend einer mächtigen Nation heranzuentwickeln, nicht die schimmelnden Knochen einer heidnischen Kultur auszugraben. Ich bin kein Ethnologe. Ich halte auch nicht viel von der Ethnologie. Ich kann verstehen, daß jemand sich solchen Spielereien als Zeitvertreib widmet, aber da ich meine, daß der Mensch ausschließlich ein Produkt seiner Umwelt ist, bleibt es mir unbegreiflich, wieso die Erforschung primitiver Bräuche den geringsten Beitrag dazu leisten könnte, die Natur des Menschen zu verstehen. Schön und gut! Sie kennen meine Überzeugung zu diesem Thema. Wir lehren Ethnologie, und Sie wurden mit dem Lehrstuhl für Anthropologie und Ethnologie betraut. Ich lasse jedes Wissensgebiet gelten, aber mit einer fixen Idee kommen Sie bei mir nicht durch!«

»Es tut mir leid«, murmelte Lowry.

»Mir tut es ebenfalls leid«, entgegnete Jebson im Tonfall eines Großinquisitors, der einen Ketzer zum Tod auf dem Scheiterhaufen verurteilt. »Ich beziehe mich natürlich auf den vorliegenden Artikel. Mit wessen Erlaubnis, wenn ich fragen darf, haben Sie dieses Machwerk verfaßt?«

Der arme Lowry kam ins Schwitzen. »Ich ... ich hatte keine Ahnung, daß daran etwas auszusetzen wäre. Ich hielt es für meine akademische Pflicht, meine Kenntnisse mitzuteilen - an alle, die einen Nutzen daraus ziehen könnten - «

»Ihre akademische Pflicht hat nichts mit Ihrem Artikel zu tun, Lowry. Nicht das geringste! Dieses elende Käseblatt ist ein einziger Schandfleck! Schund und Schwindel! Es strotzt nur so von Lügen, die als wissenschaftliche Fakten hingestellt werden.« Er senkte gefährlich die Stimme. »Und heute morgen muß ich in dieser üblen Gazette den Namen Atworthy lesen! Ich hätte von dieser Ungeheuerlichkeit wahrscheinlich nie erfahren, wenn mich nicht ein Student darauf aufmerksam gemacht hätte. Da steht es, schwarz auf weiß: <Professor James Lowry, Ethnologe, Atworthy College>.«

»Ich sah keinen Grund, mich anders zu bezeichnen.«

»Sie hatten kein Recht, sich die Unterschrift anzumaßen: <Professor Lowry vom Atworthy College>. So ein billiges Geschreibsel! Was für ein jämmerlicher Versuch, sich hervorzutun! Sie ziehen damit das ganze Bildungswesen in den Schmutz. Aber«, setzte er naserümpfend hinzu, »von einem Mann, der ein so schludriges Leben geführt hat wie Sie, kann man wohl nichts anderes erwarten.«

»Wie bitte?« fragte Lowry entgeistert.

»Ach, wissen Sie, ich bin schon lange genug im Amt, um die Vorgeschichte all meiner Professoren und Dozenten genau zu kennen. Ich weiß, daß Sie von der Lehranstalt verwiesen wurden - «

»Ich wurde völlig entlastet!« stieß Lowry hochroten Kopfes hervor. Er krümmte sich unter dem Schmerz der Erinnerung zusammen.

»Mag sein. Mag sein. Aber das ist nebensächlich. Ihr Artikel ist schäbig und idiotisch, und dadurch haben Sie den guten Ruf unserer Anstalt befleckt.« Jebson beugte sich über das Papier und rückte sich die Brille auf der dünnen Nase zurecht. »<Die seelischen Leiden der Menschheit könnten teilweise auf die Phantome der Medizinmänner von gestern zurückzuführen sein!> Bah! <Von Professor James Lowry, Ethnologe, Atworthy College.> Als nächstes kommen Sie noch mit der These, wir sollten alle auf die Dämonologie vertrauen! Eine Schande. Die ganze Stadt wird sich empören - «

Lowry hatte seine zitternden Hände unter Kontrolle gebracht und unterdrückte das Würgen in seiner Kehle. »Mit Ihrer Erlaubnis - der Artikel handelt nicht von Dämonologie. Der Leser sollte einfach erkennen, daß seine abergläubischen Vorstellungen und viele seiner Ängste auf den Irrtümern der Vergangenheit beruhen.

Ich versuchte nachzuweisen, daß Dämonen und Teufel von gerissenen Leuten erfunden wurden, um ihre Stammesgenossen unter die Knute zu bringen; ich meine den Herrschaftsmechanismus, ein furchterregendes Wesen auszumalen, um sich dann als Mittelsmann anzubieten.«

»Ich habe es gelesen«, sagte Jebson. »Ich habe es gelesen und verstehe diese Tendenz viel besser, als Ihnen lieb wäre. Das ganze Geschwätz von Teufeln und Dämonen, von der Beschwichtigung furchtgebietender Götter - worauf wollen Sie eigentlich hinaus? Mir kommt der schreckliche Verdacht, daß Sie die Religion an sich aufs Korn genommen haben! Als nächstes brandmarken Sie mir gar das Christentum als bloßes Hirngespinst, mit dem der römisch-kapitalistische Staat gestürzt werden sollte!«

»Aber -«, setzte Lowry an, errötete jedoch aufs neue, biß sich auf die Zunge und schrumpfte noch tiefer in sich zusammen.

»Diese wilde Beschimpfung der Teufel und Dämonen«, fuhr Jebson fort, »klingt ganz danach, als ob Sie sich gegen einen Glauben aufbäumen müßten, den der Umgang mit gottlosen, schmutzigen Barbaren in weit entfernten Ländern Ihnen bereits eingeflößt hat. Sie haben sich lächerlich gemacht. Sie haben Schande über Atworthy gebracht. Ich fürchte, Sie finden bei mir keine

Gnade, Lowry. Angesichts der Umstände kann ich keine Entschuldigung sehen, außer daß Sie Ihre Brieftasche füllen wollten und dieses schnöde Ziel auf Kosten der Ehre und des Ansehens unserer Anstalt erreichten. In zwei Monaten läuft das Semester aus; bis dahin können wir Sie nicht entbehren. Dann aber«, verkündete Jebson sein Urteil, indem er die Zeitung zerknüllte und in den Papierkorb warf, »werden Sie sich leider nach einer neuen Beschäftigung umsehen müssen.«

Lowry reckte sich erschrocken hoch. »Aber - «

»Hätten Sie ansonsten eine reine Weste, könnte ich darüber hinwegsehen. Nur hatten Sie eben nie eine reine Weste, Lowry! Ziehen Sie Ihres Weges, Lowry, zurück in die vergessenen Winkel dieser Welt, und setzen Sie Ihren Gedankenaustausch mit gottlosen Völkern fort! Leben Sie wohl.«

Lowry wankte hinaus. Die junge Dame, die ihm beflissen die Türen öffnete, sah er nicht einmal. Erst als er draußen auf dem Trottoir stand, erinnerte er sich, seinen Hut aufzusetzen; und er mußte einige hundert Meter zurücklegen, bevor er zu sich kam. Benommen fragte er sich, ob heute eine Vorlesung auf dem Programm stand, aber dann fiel ihm ein, daß es Samstag war. Wurde er nicht bei einer Konferenz oder einem Mittagessen erwartet - nein, jetzt wurde nicht zu Mittag gegessen, nach dem Stand der Sonne mußte es etwa vierzehn Uhr sein. Und dann ging jeder andere Gedanke im Schwall der schmerzlichen Erinnerung unter.

Er stellte fest, daß er zitterte, und begann sich endlich ein paar Sorgen um seine eigene Verfassung zu machen. Er brauchte doch nicht zu zittern, nur weil diese Welt für ihn abrupt untergegangen war; es gab andere Hochschulen, die ihn mit Freuden aufnehmen würden; es gab sogar einige Millionäre, die sich anerboten hatten, seine Arbeit zu finanzieren, weil ihnen die Früchte seiner Forschungsreisen imponierten. Nein, dieser Mückenstich sollte ihm nicht derart zusetzen. Trotzdem zitterte er, als stapfe er mit nackter Brust durch einen Schneesturm.

Die hoch dahinrasenden Wolkenfetzen überschatteten für flüchtige Augenblicke die Straße. Aber jetzt lag im Geräusch der aus Winkeln hervorstiebenden Blätter des Vorjahres ein tödlicher Ernst, und die Nacktheit der Ulmen wirkte häßlich. Lowry suchte den Ursprung seines Schauderns zu ergründen.

Es war Mary.

Die arme Mary! Sie liebte diese Welt mit ihren Nachmittagstees und all der bürgerlichen Wertschätzung; sie war hier aufgewachsen und durch tausend Erinnerungen und Freundschaften aufs innigste mit diesem Städtchen verbunden. Das Gerede der Leute war schlimm genug. Aber ihren ganzen Lebensinhalt aufzugeben - das könnte sie bestimmt nicht verkraften.

Aus dem Augenwinkel würde sie bemerken, wie ihre Freundinnen den Kopf schüttelten. Hier würde sie nicht mehr bleiben wollen, gesellschaftlich isoliert, umgeben von all den Spekulationen, warum man ihren Mann wohl vor die Tür gesetzt hatte.

Ach ja, und wie liebte sie das große, alte, herrschaftliche Wohnhaus, das den Status des angesehenen Gelehrten unterstrich!

Er konnte Jebson nicht begreifen, weil er selbst zu hochherzig war, um diese merkwürdigen Gedankengänge nachzuvollziehen, die auf der Rachsucht eines kleinen Mannes gegen einen großen beruhten, sich aus dem Neid auf Lowrys recht romantisches, geheimnisvolles Flair nährten, sich an der indirekten Beleidigung des College entzündeten und schließlich auf seltsamen, begriffsstutzigen Pfaden in den Zorn über die vermeintliche Anfechtung des Christentums einmündeten. Lowry tappte hier im Dunkeln und konnte sich nur auf eine einzige Tatsache stützen: daß in dieser Katastrophe eine alte Schmach kulminierte, die er bereits vor annähernd einundzwanzig Jahren traumatisch und unschuldig durchlitten hatte. Der heutige Schmerz und der Schmerz von damals vermischten sich wild in seinem Gemüt und wurden auf die Spitze getrieben durch das körperliche Leiden, von dem er befallen war: Malaria. Es tat ihm sowieso schon alles weh, aber die Ursache hatte er jetzt ganz vergessen.

Die arme Mary.

Die arme, schöne, liebliche Mary.

Er hatte immer einen grandiosen Eindruck auf sie machen wollen, um den großen Altersunterschied auszugleichen. Doch nun hatte er Schande über sie gebracht und ihre vertraute Umgebung verscherzt. Sie würde es überstehen; ja, sie würde ihm folgen; und sie würde es bereuen, aber mit keinem einzigen Wort ihr Unbehagen kundtun. Und Lowry könnte all das nicht verhindern, ihr nicht einmal sagen, wie leid sie ihm tat.

Wieder schien es ihm, er sei irgendwo verabredet, aber wo, das fiel ihm partout nicht ein. Es wehte plötzlich ein kalter Wind, der an seinem Hut zerrte, und die Wolken, deren Schatten über die Straße fegten, wirkten noch düsterer als zuvor.

Er schaute sich um und bemerkte, daß er in Sichtweite eines alten Hauses mit eisernen Hirschen am Eingang gelangt war; hier wohnte Professor Tommy Williams, der trotz seines eingefleischten Junggesellendaseins den Familiensitz allein weiterführte.

Mit der sonderbaren Empfindung, die Ereignisse seien noch gar nicht über ihn hereingebrochen, und dem Bedürfnis nach Schutz und Gesellschaft ging er diesem Ort nun flott entgegen und bog in den Gartenpfad ein. Das Herrenhaus schien ihn abzuweisen, als er es anstarrte, denn die zwei Giebelfenster ähnelten auffällig einem Kneifer auf der Nase eines schimmligen Richters. Er zögerte einen Augenblick und machte beinahe kehrt.

Da erschien Tommy vor seinem geistigen Auge, der einzige Mann auf der Welt, mit dem er wirklich sprechen konnte; in der Kindheit hatte er mit Gleichaltrigen sonst keinerlei Umgang gepflegt. Aber während Jim Lowry seinen Knabenjahren in schüchterner Zurückhaltung entwachsen war, hatte Tommy einen anderen Weg eingeschlagen. Denn Tommy Williams war die Freude seiner Studenten und des ganzen Campus; er war weit in Europa umhergereist und von dort mit weltbürgerlichem Flair in die Heimat zurückgekehrt, mit einer unbekümmerten Mißachtung aller Konventionen und altmodischen Denkmuster. Tommy Williams liebte es, mit dem Exotischen zu spielen und ans Verbotene zu rühren, besondere Tees mit seltsamen ausländischen Namen zu trinken und esoterische Bücher zu lesen; bei Wohltätigkeitsveranstaltungen tat er sich mit einer Kristallkugel als Hellseher hervor und beäugte seine Klienten dann gerne seitwärts mit einem verschlagenen Blick, als müsse der ganze Hokuspokus äußerlich als Spaß erscheinen, aber im Grunde - stimmte es nicht vielleicht doch? Tommy verkörperte Gelächter, Firlefanz und Leichtsinn, veredelt durch Londoner Stil und Pariser Witz; ein Mann, der zu clever war, um Feinde zu haben - oder auf viele Freunde zählen zu können.

Nein. Hier, auf der Schwelle zu Tommys Wohnsitz, brauchte er nicht innezuhalten. Es würde ihm guttun, mit Tommy zu sprechen. Tommy würde ihn aufheitern und ihm bestätigen, daß der alte Jebson bestenfalls ein aufgeblasener alter Esel war. - Er stieg die Stufen empor und betätigte den Türklopfer.

Ein Wust toter Blätter auf der Veranda tanzte gehetzt im Kreis, mit seiner eigenen trockenen, knisternden Musik; dann, völlig von Sinnen, schoß er über den Rasen davon, als versuchte er einen Wolkenschatten einzuholen und sich so vor dem unvermeidlichen Feuertod zu retten. Nervöses Laub, das vor dem sicheren Untergang zu entkommen sucht, außerstande, die Konkurrenz mit den jungen Knospen aufzunehmen, die sich zart zu entfalten begannen und überhaupt nicht ahnten, daß die flüchtigen grauen Bruchstücke einst leuchtend grün mit dem Frühlingswind kokettiert hatten. So dachte Lowry, und er fand keinen Gefallen daran, denn er fühlte sich alt und verbraucht, verworfen zugunsten des frischen Grüns - jener makellosen Neulinge, die zu jung waren, um ihre Unschuld verloren zu haben. Wie bald schon würde ein anderer an seine Stelle treten? Irgendein jugendlicher anderer, der vielleicht aus Lowrys eigenen Büchern predigte?

Er betätigte den Klopfer aufs neue, noch ängstlicher bestrebt, in die Wärme des Kaminfeuers und der Freundschaft eingelassen zu werden; seine Zähne begannen zu klappern, und wo sein Magen hätte sein sollen, fühlte er sich krank und kaputt. Malaria? - fragte er sich. Ja, er kam doch gerade von Chalmers, der seinen Schüttelfrost als Malaria diagnostiziert hatte. Vor kaum zwei Stunden hatte er in ein Mikroskop gespäht, unter dem sein basisch gefärbtes Blut präpariert lag, so daß er in einem Teil der roten Blutkörperchen die charakteristischen kleinen Kügelchen beobachten konnte. Malaria bedeutete für ihn keine Gefahr - nur Unbehagen. Das erklärte jedenfalls den Schüttelfrost. Sicher ging der Anfall bald vorüber.

Er klopfte ein drittes Mal und hörte, wie drinnen das

Geräusch durch die hohen Räume widerhallte; er wollte nun eigentlich fortgehen, aber er brachte es nicht über sich, Tommy den Rücken zu kehren, falls er nun doch an die Tür kam. Er schauerte und stellte sich den Kragen hoch. Bald würde er zu brennen beginnen; fast wie ein Blatt, dachte er. Er spähte durch die kleinen Fenster neben der Tür.

Noch einmal meldete sich das vage Gefühl, er sei irgendwo verabredet, und er dachte kurz darüber nach; die widerspenstige Information, verborgen in einer Nische seines Bewußtseins, mußte sich doch hervorzerren lassen!

Also nein, er konnte hier nicht stehenbleiben! Die Häuser dieser Stadt waren niemals verschlossen, und falls Tommy nicht daheim war, würde er ihn bei seiner Rückkehr freudig begrüßen. Er schob die Tür auf und zog sie hinter sich zu.

In der Diele herrschte Dämmerlicht: die Dämmerung verflossener Jahre und vergessener Ereignisse, längst zerbröckelten Trauerflors und zu Staub zerfallener Brautbuketts, die Luft rauchig von Kinderschreien und dem Gehuste alter Männer. Irgendwo schien etwas davonzuhuschen, als sei eine gelehrige Ratte aus einem wissenschaftlichen Wälzer aufgescheucht worden, an dem sie eben noch genagt hatte. Rechter Hand gewährte die pompöse Flügeltür freien Zugang zum Wohnzimmer, und da Lowry dort ein Kaminfeuer witterte, trat er mit dem Hut in der Hand näher.

Dort bot sich ein überraschender Anblick.

Tommy Williams lag im offenen Hemd, ohne Krawatte oder Jackett auf dem Sofa; ein Arm baumelte herab, die Füße waren in unnatürlicher Höhe schief aufgestützt. Einen Moment dachte Lowry, sein Freund müsse tot sein.

Aber da gähnte Tommy auch schon und begann sich zu strecken. Mitten in der Bewegung wurde er seines Besuchers gewahr und kam wacklig auf die Beine, blinzelte, rieb sich die Augen und guckte.

»Mein lieber Mann«, sagte er, »da hast du mir einen schönen Schreck eingejagt! Ich hatte fest geschlafen.«

»Tut mir leid«, murmelte Lowry und kam sich überflüssig vor. »Ich dachte, du wärst nicht zu Hause, ich könnte vielleicht warten, bis du - «

»Aber sicher! Ich habe sowieso zu lange geschlafen. Wie spät ist es überhaupt?«

Lowry warf einen Blick auf die große Uhr in der Diele.

»Fünf nach zwei.«

»Na, so was! Das kommt davon, wenn man sich nachts herumtreibt. Nun reich mir deinen Hut und setz dich an den Kamin, daß du warm wirst. Um Gottes willen, du bist ja ganz farblos. So kalt kann es doch gar nicht sein?«

»Ich scheine ein bißchen zu frösteln«, sagte Lowry. »Vermutlich Malaria.« Er fühlte sich etwas wohler; Tommy freute sich offenbar, ihn zu sehen. Beruhigt durchquerte er das Zimmer und setzte sich in einen Sessel neben dem Kamin, wo zwei Holzscheite auf dem Rost glühten. Tommy trat neben ihn, schürte das Feuer und machte sich dann an der Hausbar zu schaffen. Ein Drink wurde gemixt.

»Du mußt besser auf dich aufpassen, alter Knabe«, sagte Tommy. »Wir haben nur einen Professor Lowry am College; den können wir nicht aufs Spiel setzen. Hier, trink zu und erquicke deine Lebensgeister.«

Lowry nahm das Glas in die Hand, setzte es aber nicht gleich an den Mund; er schaute sich im Zimmer um. Hier standen sie wie anno dazumal, die alten Vitrinen und die Porzellanfiguren auf ihrem Regal in der Ecke. Als

Am Fuß der Treppe hielt er einen Augenblick inne; er wunderte sich etwas, daß die Fassade völlig lichtlos vor ihm lag. Na gut, vielleicht hatte Mary sich Sorgen gemacht, weil er nicht heimgekehrt war, und sein Büro aufgesucht - aber nein, dann hätte sie angerufen. In seinem Innern begann eine Alarmglocke zu schrillen.

Plötzlich erscholl ein gellender Schrei aus der Finsternis:

»Jim! Oh, mein Gott! Jim!«

Er stürzte die Stufen hinauf und zerbrach fast die Tür, als er eindrang. Einen Moment lang verharrte er unschlüssig in der Diele. Mit weit aufgerissenen Augen blickte er um sich - verzweifelt horchte er ins Dunkel, ob Marys Stimme erneut zu hören war.

Nur Schweigen und Erinnerung füllten das Haus.

Er hechtete die breite Treppe ins Obergeschoß hinauf und schaltete unterwegs mit hungrigen Fingern die Lichter an. Oben riß er sämtliche Türen auf, sah hinein, rannte weiter - vergebens. Atemlos sprang er die schmale, mit Unrat übersäte Treppe zum Dachboden hoch. Ein trostloser Ort! Der Wind seufzte um das alte Türmchen, schwere Truhen duckten sich wie schwarze Raubtiere in der Düsternis. Hier war sie auch nicht!

Zitternd schleppte er sich hinab, um die Räume im ersten Stock erneut zu durchsuchen. Übelkeit kam auf, und sein Blut wollte mit der Gewalt eines Vorschlaghammers die Schläfen sprengen. Auf dem Weg nach oben hatte er überall Licht gemacht; das Licht erschien ihm jetzt grell - grell und herzlos, weil es die Leere des Hauses offenbarte.

War sie vielleicht zu den Nachbarn gegangen?

Oder war sie, notgedrungen ohne ihren Mann, einer Einladung zum Dinner gefolgt? Das mußte es sein. Bestimmt lag irgendwo - wahrscheinlich neben seinem Sessel - ein Zettel, der ihn anwies, sich rasch in Schale zu werfen und geflissentlich nachzukommen.

Im Erdgeschoß suchte er hektisch nach dem bewußten Zettel, neben seinem Sessel, auf dem Eßtisch, in der Küche, auf seinem Schreibtisch, auf dem Kaminsims - nichts.

Verzweifelt sank er auf der Couch im Arbeitszimmer nieder und vergrub sein Gesicht in den Händen. Er versuchte, sich in den Griff zu bekommen, nicht mehr zu zittern und die Übelkeit niederzukämpfen, die, wie ihm schmerzlich bewußt war, allein auf nackter Angst beruhte. Wie konnte er derart die Fassung verlieren? Mary konnte nicht weit sein, und wenn sie keinen Zettel hingelegt hatte, dann kam sie bestimmt gleich zurück.

In dieser schläfrigen, eintönigen Stadt konnte ja gar nichts passieren.

Marys Abwesenheit machte ihm empfindlich bewußt, wie das Leben ohne sie aussehen würde. Er war ein Unmensch gewesen, in ferne Länder davonzurennen, sie in dem einsamen alten Haus allein zurückzulassen und sie der zweifelhaften Freundlichkeit der Fakultätsgesellschaft auszuliefern. Für ihn selbst wäre ein Leben ohne Mary eine endlose Folge sinnloser Tage, erdrückend in ihrer stumpfen Hoffnungslosigkeit.

Minutenlang saß er so da, versuchte sich zu beruhigen und versicherte sich immer wieder, daß alles in Ordnung sei. Schließlich gelang es ihm, sich so weit zu fangen, daß wenigstens die Zitterei aufhörte, wenn auch von Wohlbehagen keine Rede sein konnte.

Die Eingangstür schmetterte, und rasche, trippelnde Schritte ertönten in der Diele. Lowry sprang auf und rannte zur Tür.

Seine Frau hängte gerade ihren neuen Pelzmantel auf.

»Mary!«

Sie guckte ganz verdutzt, so viel hatte er in dieses eine Wort hineingelegt.

»Da bist du ja, Jim Lowry! Du Herumtreiber! Wo hast du denn die ganze Zeit gesteckt?«

Aber er hörte gar nicht zu; seine Arme erdrückten sie fast, und er lachte laut vor Glück. Sie lachte mit, obwohl er ihr die Frisur ruinierte und den schneeweißen Kragen ihres Kleids zerknitterte.

»Du bist so schön!« rief Lowry. »Du bist bezaubernd, wundervoll und phantastisch. Wenn ich dich nicht hätte, würde ich mich glatt von der nächsten Felswand hinabstürzen.«

»Lieber nicht!«

»Du bist die einzige Frau der Welt. Du bist süß und treu und gut!«

Marys Antlitz leuchtete, und als sie ihn ein wenig zurückschob, um zu ihm aufzuschauen, überströmten ihre Augen ihn mit sanfter Zärtlichkeit. »Du bist ein alter Bär, Jim. Und jetzt erkläre dich. Wo warst du?«

»Ach, hm - «, und er geriet in Verlegenheit. »Ich weiß es nicht, Mary.«

»Laß mal riechen.«

»Ich war nicht betrunken.«

»Aber du zitterst ja. Jim! Hast du dir wieder Malaria geholt? Was rennst du hier umher, du solltest im Bett liegen - «

»Nein. Mir fehlt weiter nichts. Wirklich, Mary, es ist alles in Ordnung. Und wo warst du?«

»Na, draußen, ich hab' dich gesucht!«

»Tut mir leid, daß ich dir Sorgen gemacht habe.«

Sie zuckte die Achseln. »Mach mir ruhig ab und zu ein bißchen Sorgen, dann weiß ich, wie sehr ich dich vergöttere. Aber was stehen wir hier und schwatzen, du hast ja noch gar nichts gegessen. Ich mache dir gleich was.«

»Nein! Überlaß das mir. Paß auf, du setzt dich jetzt

einfach vor den Kamin, ich zünde das Feuer an, und dann - «

»So ein Blödsinn.«

»Mach, was ich dir sage. Sitz einfach da, so daß ich dich sehen kann, zeig dich von der besten Seite und laß mich machen. Ich zaubere mir unterdessen eine kleine Mahlzeit. Sei ganz still und zank nicht mit mir.«

Sie ließ sich lächelnd in den Sessel drücken und kicherte, als ihm das Kleinholz zu Boden fiel. »Ungeschickter alter Bär!«

Er brachte das Feuer in Gang, gebot ihr nochmals mit erhobener Hand, sich ja nicht zu rühren, und flitzte in die Küche, wo er sich rasch mit dem Rostbraten von gestern ein Sandwich zusammenpappte und ein Glas Milch einschenkte. Er hatte solche Angst, sie könnte verschwunden sein, bevor er zurückkehrte, daß er den Impuls, einen Kaffee zu brauen, nervös unterdrückte.

In Windeseile erschien er wieder im Wohnzimmer und seufzte vor Erleichterung, daß Mary noch da war. Er setzte sich ihr gegenüber auf die Couch und hielt das

Sandwich eine volle Minute lang unbeweglich vor dem Gesicht, während er sie unverwandt anschaute.

»Nun iß schon«, sagte Mary. »Ich bin eine schlechte Hausfrau, dir ein kaltes Abendessen zuzumuten.«

»Nein, nein! Du sollst gar nichts tun. Sitz einfach da und sei schön.« Er aß langsam und entspannte sich allmählich, bis er halb hingegossen auf der Couch lag. Aber plötzlich fiel ihm etwas ein. Ruckartig fuhr er hoch. »Als ich das Haus betreten wollte, hörte ich Schreie.«

»Schreie?«

»Allen Ernstes. Es klang so, als ob du nach mir gerufen hättest.«

»Das war bestimmt das Radio bei den Allisons drüben. Die Kinder stellen die scheußlichsten Sendungen ein und lassen den Apparat auf voller Lautstärke dröhnen. Die ganze Familie muß taub sein.«

»Da hast du wohl recht. Ich bin jedenfalls furchtbar erschrocken.« Er fläzte sich wieder hin und schaute sie an.

Sie hatte sehr herausfordernde Augen, dunkel und sehnsuchtsvoll; wenn sie ihn eindringlich ansah, begann er wonnig zu erbeben. Er war ein Narr, sie monatelang allein zu lassen! Sie war so jung und schön ... Er fragte sich, was sie an einem alten Spinner wie ihm gefunden haben konnte. Natürlich war er nur etwa zehn Jahre älter und hatte so viel Zeit in der freien Natur verbracht, daß man ihn höchstens auf Anfang Dreißig schätzen mußte. Trotzdem - wenn er so dasaß, ihr süßes Gesicht, die zarten Rundungen ihrer Figur studierte und sich von ihrem Blick liebkosen ließ, dann kapierte er nicht ganz, warum sie sich ausgerechnet in ihn verliebt hatte. Mary konnte unter fünfzig ansehnlichen Freiern wählen, ja sogar Tommy Williams hatte sich um sie bemüht ... Was fand sie an einem stämmigen, derben, ungeschickten, steinharten Kerl wie James Lowry? Ein Anflug panischer Angst ergriff ihn bei dem Gedanken, sie könnte seine schweigsame, verschlossene Art und die langen Abwesenheiten eines Tages satt haben ...

»Mary - «

»Ja, Jim?«

»Mary, liebst du mich ein bißchen?«

»Erheblich mehr als nur ein bißchen, James Lowry.«

»Mary - «

»Ja?«

»Tommy hat mal um deine Hand angehalten, nicht wahr?«

Sie wurde etwas ungehalten. »Ein Mann, der zu einer Affäre mit einer Studentin imstande ist und es trotzdem wagt, um meine Hand anzuhalten ... Jim, jetzt werd nicht wieder eifersüchtig; ich dachte, wir hätten das längst zu den Akten gelegt.«

»Aber mich hast du genommen.«

»Weil du stark bist und Kraft ausstrahlst und alles hast, was eine Frau von einem Mann erwartet, Jim. Frauen finden einen Mann nur schön, wenn er stark ist; wenn eine Frau sich in einen Kerl verliebt, weil er hübsch ist, dann stimmt bei ihr was nicht.«

»Ich danke dir, Mary.«

»Und jetzt, Mr. Lowry, sollten Sie sich lieber ins Bett schleppen, bevor Sie mir auf der Couch einschlafen.«

»Nur noch ein bißchen ...«

»Nein!« Sie stand auf und zerrte ihn hoch. »Du bist halb verbrannt und halb erfroren. Wenn du diese Anfälle kriegst, brauchst du Bettruhe. Es ist mir sowieso schleierhaft, was einen Mann daran reizt, in ferne Länder zu schweifen, um sich von der Sonne braten und von exotischen Krankheiten befallen zu lassen. Husch, husch, in die Heia, Mr. Lowry.«

Er ließ sich von ihr die Treppe hinauf und in sein Zimmer bugsieren. Dann gab er ihr einen langen Kuß und drückte sie mit der Kraft eines Grizzlybärs noch mal an sich, bevor er sie ins Wohnzimmer zurückkehren ließ.

Er entkleidete sich und war guter Dinge; er hätte beim Aufhängen seines Anzugs beinahe ein Liedlein gesungen, als er am Kragen einen langen Riß entdeckte. Er untersuchte den Schaden genauer und entdeckte weitere Risse; der Stoff war auch stellenweise ganz faltig und steif, wie mit Schlamm beworfen. O weh! Der Anzug war hin! Wie konnte das passiert sein? Er fand keine Antwort darauf und stopfte Jacke und Hose, verärgert über den Verlust eines guten englischen Tweedanzugs, tief in den Wäschekorb hinein.

Als er in die Pyjamahose stieg, sann er darüber nach, was für ein famoser Mensch seine liebe Mary doch war. Taktvoll hatte sie über sein schäbiges Erscheinungsbild hinweggesehen.

Er wusch sich geistesabwesend die Hände und das

Gesicht. Der verdorbene Anzug ging ihm nicht aus dem Sinn. Er trocknete sich mit einem großen Badehandtuch ab und wollte gerade in die Pyjamajacke schlüpfen, als er auf seinem Unterarm eine Art Brandmal entdeckte. Er erschrak.

Es war nicht sehr groß und schmerzte nicht; befremdet hielt er den Arm unters Licht. Ein scharlachrotes Zeichen! Man hätte es für eine Tätowierung halten können. Und diese sonderbare Form, wie der Fußabdruck eines Hündchens; eins, zwei, drei, vier - vier kleine Ballen, als hätte ein kleines Tier dort seine Pfote aufgesetzt. Aber wenige Hunde waren so klein. Eher ein Kaninchen ...

»Komisch«, sagte er.

Er ging in sein Zimmer und drehte das Licht ab. »Komisch.« Er schlüpfte unter die Decke und klopfte sein Kissen zurecht. Ein Mal wie von einer Kaninchenpfote. Wie konnte er sich den Anzug eingerissen und mit Schlamm besudelt haben? Woher kam der Stempel auf seinem Arm? Ein neuerlicher Anfall Schüttelfrost überkam ihn. Er bemühte sich, seine klappernden Zähne unter Kontrolle zu bringen.

Der kalte Mond, der ab und zu von fliehenden Wolkenmassen verdeckt wurde, malte ein Fensterkreuz auf das Fußende seines Betts. Lowry schlug ärgerlich die

Decke zurück; er hatte vergessen, frische Luft hereinzulassen. Als er das Schiebefenster anhob, stieß ihm der Wind einen Eisgürtel um die Hüften, der ihn sofort ins Bett zurückjagte.

Na gut, morgen war ein neuer Tag, und beim ersten Sonnenlicht würde er sich wohler fühlen. Aber diese Art Übelkeit bei einem Malariaanfall war ihm neu.

Bläulich schien das kalte Mondlicht herein. Der Wind fand einen Spalt unter der Tür und stimmte ein bedrückendes Klagelied an. Der Klang blieb nicht gleich, sondern eskalierte langsam von einem Wispern über ein hohles Stöhnen bis hin zu einem durchdringenden Kreischen, das endlich wieder zu einem Seufzer dahinschwand. Jim Lowry, schlaflos in seinem Bett, glaubte eine Stimme herauszuhören. Er wand sich und drehte sich, versuchte sein rechtes Ohr zu bedecken und das linke im Kissen zu vergraben.

Der Wind wimmerte vor sich hin, und alle paar Sekunden heulte er die Frage: »Wo?« Dann wurde gemurrt und gemurmelt, und da kroch er wieder heran, wie auf Zehenspitzen ans Bett schleichend mit einem weinerlichen »Warum?«.

Jim Lowry warf sich herum und zog sich die Bettdekke fest übers Ohr.

»Wo?«

Eine winselnde Klage.

»Warum?«

Das Fenster ratterte wütend, als wollte ein undefinierbares Etwas bei ihm einbrechen; mit einer Gänsehaut stützte sich Lowry auf den Ellbogen und starrte auf das Lichtmuster am Fußende des Betts. Aber vor das kalte Mondlicht schoben sich nur die Schemen der flatterhaften Wolken. Wieder die Schläge ans Fenster, und wieder nur Mondlicht.

»Ich bin ein Narr«, murmelte Lowry und zog sich die Bettdecke über die Ohren.

Ein Seufzer: »Warum?«

Eine winselnde Klage: »Wo?«

Der Vorhang begann gegen die Fensterscheibe zu schlagen. Lowry sprang wütend aus dem Bett, um ihn hochzuziehen, damit der Stoff sich nicht mehr bewegen konnte. Jetzt aber klapperten Schnur und Knauf gegen die Scheibe. Er mußte eine Sicherheitsnadel suchen, um für Ruhe zu sorgen.

»Was bin ich doch für ein Narr!« knurrte er.

All das sollte ihm nichts anhaben können. An anderen Orten, zu anderen Zeiten hatte er sich schlafen gelegt, während Buschtrommeln durch die Nacht wummerten. Er war in dunkle Höhlen geschlüpft, wo ihm Taranteln und Nattern über die Beine krochen oder gegen die Stiefel pochten. Einst schlug er die Augen auf und entdeckte, daß eine Mokassinschlange unter seiner Bettdecke hervorglitt. Er hatte sich über Zauberflüche lustig gemacht; und einst hatte er einem rasenden, besoffenen Eingeborenen eine Machete abgerungen ...

Ein Seufzer: »Warum?«

Eine winselnde Klage: »Wo?«

Die sadistischen Finger des Grauens wühlten sich vor, fanden sein Herz und äfften dessen stetigen Rhythmus in seiner Kehle nach. Aber da war doch nichts. Bloß das Ächzen des Windes unter der Tür, der Protest des Vorhangs, das Geklapper am Fenster und bläulich kaltes Mondlicht auf dem Fußende seines Betts ...

Langsam ging die Tür auf. Auf der Woge des Durchzugs strömte der Vorhang quer ins Zimmer herein. Die Tür knallte zu, daß die Wände wackelten. Und auf leisen Füßen näherte sich eine weiße Gestalt. Das bleiche

Gesicht glänzte matt über einem glitzernden Messer. Näher und immer näher -

Lowry warf sich dem Eindringling raubtierhaft entgegen und schlug das Messer beiseite.

Aber es war Mary!

Bestürzt stand sie vor ihm, verletzt und völlig entgeistert, die rechte Hand noch immer erhoben, aber nichts darin. »Jim!«

Er schüttelte sich vor dem schrecklichen Gedanken, was er ihr hätte antun können; schwach und gleichzeitig erleichtert sank er auf die Bettkante nieder. Als sie das Licht andrehte, sah er ein zerbrochenes Glas auf dem Boden liegen. Eine weiße Lake heißer Milch dampfte in der kalten Luft. Mary hielt ihre Rechte hinter dem Rücken verborgen. In plötzlicher Besorgnis zerrte er ihre Hand hervor. Er hatte so heftig gegen das Glas geschlagen, daß Mary eine Schnittwunde davontrug.

Er zog ihre zierliche Hand ins Licht, entfernte ängstlich einen Splitter aus der Wunde und setzte dann seine Lippen auf, um das Blut heraustreten zu lassen. Er öffnete eine Schublade, holte seinen Reiseverbandskasten hervor und fand, was er brauchte: einAntiseptikum und Bandagen. Sie schien sich aber um ihn viel größere Sorgen zu machen als um ihre Hand.

»Mary?«

»Ja?«

Er zog sie auf die Bettkante herab und warf einen Teil der Decke um ihre Schultern.

»Mary, mir ist etwas Schreckliches passiert. Ich hab' es dir nicht gesagt. Zweierlei habe ich dir nicht gesagt. Erstens: Jebson ist auf den Artikel im *Newspaper Weekly* gestoßen, und am Ende dieses Semesters fliege ich raus. Wir ... wir müssen Atworthy verlassen.«

»Ist das alles, Jim? Du weißt doch, daß mir an diesem Ort nichts weiter liegt. Wohin du auch gehst, ich folge dir.« Sie lachte beinahe. »Du wirst mich wohl mitschleifen müssen, ganz gleich, wie tief es in den Dschungel hineingeht.«

»Ja! Ja, du kannst mitkommen, Mary. Es war dumm von mir, dich immer davon auszuschließen. Du mußt dich hier schrecklich einsam gefühlt haben.«

»Ohne dich bin ich immer einsam, Jim.«

Er küßte sie und hatte das Gefühl: So, ja so muß ein Priester sich fühlen, der den Fuß seiner Göttin berührt.

»Und zweitens, Jim?«

»Ich ... ich weiß nicht, Mary. Ich habe keine Ahnung, wo ich zwischen Viertel vor drei und Viertel vor sieben gewesen bin. Vier ganze Stunden sind einfach aus meinem Leben verschwunden. Ich war nicht betrunken. Es war auch kein Delirium. Vier Stunden, Mary!«

»Vielleicht bist du hingefallen und hast dich gestoßen.«

»Aber ich habe keine Beule.«

»Vielleicht weißt du doch nicht alles über Malaria.«

»Wenn ein solcher Blackout entsteht, ist der Zustand des Patienten derart ernst, daß er sich nicht so wohl fühlen wird wie ich. Nein, Mary. Das ... das war etwas anderes. Ich habe mit Tommy über Dämonen und Teufel gesprochen, und ... er sagte, daß ich sie vielleicht in meinem Artikel nicht hätte angreifen sollen. Seiner Ansicht nach könnten sie versuchen ... tja ... Die Welt *ist* doch aber gut, Mary. Sie ist nicht vom Bösen erfüllt. Es gibt keinen Grund, wieso der Mensch im

Schatten seiner Furcht vor Hirngespinsten herumlaufen sollte.«

»Natürlich nicht, Jim. Morgen wirst du schon herausfinden, was passiert ist. Vielleicht findet sich eine ganz harmlose Erklärung.«

»Meinst du wirklich, Mary?«

»Aber sicher. Jetzt leg dich hin und schlaf endlich.«

»Aber - «

»Ja, Jim?«

»Mir ist ... ich habe das Gefühl, daß mir etwas Schreckliches zugestoßen ist, und daß es bald noch schlimmer kommt. Ich weiß nicht, was es sein kann. Wenn ich doch nur Bescheid wüßte!«

»Leg dich hin und schlaf, Jim!«

»Nein! Nein, schlafen kann ich nicht. Ich werde einen kleinen Spaziergang machen. Ein wenig Bewegung wird mir guttun, und dann fällt mir auch wieder ein ...«

»Du bist doch krank!«

»Hier kann ich nicht mehr liegen. Ich finde keine Ruhe!«

Er schob das Fenster zu und begann sich anzukleiden. Mary sah ihm resigniert zu, wie er sich die Jacke anzog.

»Du wirst doch nicht lange wegbleiben?«

»Nur ein halbes Stündchen. Ich muß jetzt einfach mal raus, sonst platze ich. Sorge dich nicht um mich! Geh lieber schlafen.«

»Es ist fast Mitternacht!«

»Es kommt mir so vor - « Er hielt inne und wechselte den Tonfall. »Heute nachmittag hatte ich das Gefühl, um Viertel vor drei irgendwo verabredet zu sein. Vielleicht bin ich auch wirklich hingegangen ... Nein. Ich weiß nicht, wo ich war oder was ich getan habe. Ich weiß es wirklich nicht! Mary?«

»Ja, Jim?«

»Alles klar?«

»Bei mir ist alles klar.«

Er knöpfte sich den Mantel zu, beugte sich herüber und küßte sie. »In einer halben Stunde bin ich wieder da. Es ist nur so ein Gefühl ... ich muß einfach raus, das ist alles. Gute Nacht.«

»Gute Nacht, Jim.«

KAPITEL

III

Er trat hinaus in die reine, klare Nacht, und als er oben auf der Treppe einen Augenblick innehielt, umfing ihn bereits der Duft frischer Erde und wachsenden Grüns, der alte Erinnerungen weckte. In solch einer Nacht möchte man als Kind gern hinausstürmen, eine Ewigkeit über die Felder rennen und die Erde unter seinen Füßen aufstieben lassen, getrieben von der unfaßbaren Lust am Leben selbst. Einst hatten Tommy und er in einer solchen Nacht eine vermeintliche Geisterhöhle besucht, eine Meile weit draußen vor der Stadt, und es tatsächlich geschafft, sich zu Tode erschrecken zu lassen - von einer weißen Gestalt, die sich dann als ein altes, einsames Pferd entpuppte. In der Erinnerung daran lebte

Lowry wieder auf: ach ja, Tommys blühende Phantasie und seine verblüffende Zungenfertigkeit!

Und wie sehr Tommy es genoß, seinen bedächtigeren und praktischer veranlagten Freund zu piesacken; sein Verhalten heute mittag war dafür ein Musterbeispiel. Hexen und Gespenster und Altweibermärchen, Teufel, Dämonen und Schwarze Magie. Erstaunlich, wie Tommy - ein Mann ohne jeden Glauben - sich darin gefiel, alle möglichen Überzeugungen vorzuspiegeln, um die Leute zu schockieren! Welche Wonne es ihm bereitete, seine Studenten aus der Fassung zu bringen, indem er sich über das Katheder lehnte und geheimnisvoll deklamierte: »Aus Höflichkeit nennen wir dieses Fach Psychologie, aber Sie und ich wissen, daß wir in Wirklichkeit die finsteren Kobolde und leichenfressenden Dämonen studieren, die sich am Rande unseres Bewußtseins schlafend stellen.« Wie liebte er solche Bilder! Was er damit sagen wollte, war natürlich vollkommen wahr, aber Tommy mußte es ausgerechnet auf diese Art ausdrücken; schließlich war die Welt entsetzlich öde, warum sollte man nicht ein bißchen Leben hineinbringen und die Phantasie der Leute anstacheln? In der Tat, lieber Tommy, warum nicht?

Lowry spürte, daß ihm die Schädeldecke kalt wurde. Er betastete seinen Kopf und stellte fest, daß er seinen Hut vergessen hatte. Jetzt fiel ihm wieder ein, daß er ihn verloren hatte. Weil er hauptsächlich Tropenkleidung besaß, umfaßte seine Garderobe nur einen Filzhut, und in Atworthy konnte man keinen Tropenhelm spazierenführen - nicht in Atworthy! Der Verlust machte ihm schwer zu schaffen. Und obendrein war sein bester Tweedanzug hoffnungslos ruiniert! Sein Hut - denn es war ein guter Hut - führte wenigstens die Initialen des Besitzers im Hutband. Ganz gleich, wohin ihn der Wind verweht hatte - sicher würde ein Student ihn finden und im Dekanat abliefern ... Nur leider stimmte hier etwas nicht. Der Verlust des Huts barg eine tiefere Bedeutung; er symbolisierte die mysteriösen vier Stunden, die aus seinem Leben entschwunden waren. Lowry hatte das Gefühl, ihm sei ein Stück seines eigenen Ichs brutal entrissen worden. Vier Stunden wie ausgelöscht, und mit ihnen verschwand ein Filzhut! Blitzartig drängte der Gedanke sich auf: Wenn ich nur den Hut finden könnte, dann kämen die vier Stunden von selbst zurück! Wirklich seltsam, daß er wegen dieser Kleinigkeit so aus dem Konzept geraten konnte, er, ein Mann, der sonst die Ruhe selbst war.

Vier Stunden fort.

Sein Hut fort.

Leise beschlich ihn das Gefühl, er sollte einfach zu Tommys Haus hinübergehen und nachschauen, ob der

Hut nicht dort unter einem Strauch lag. Es wäre doch wirklich schade, wenn das gute Stück irgendwo auf dem Rasen verdarb; es konnte Regen geben.

Ja, richtig - er sollte seinen Hut unbedingt finden.

Endlich stieg er die paar Treppenstufen hinab, den Blick erhoben zu dem flüchtigen Vlies zwischen Mond und Erde. Über diese Treppe war er schon viele tausend Male gekommen; als er den Boden erreichte, brach er sich fast ein Bein, denn hier war eine *zusätzliche Stufe*.

Er starrte seine Füße an und setzte hastig zurück, um sogleich zu entdecken, daß er *nicht zurückkonnte*. Er stürzte beinahe hintenüber in leeren Raum hinein! Hinter ihm, nach oben, existierten plötzlich keine Stufen mehr; der einzige Weg führte hinab. Glasigen Blicks betrachtete er die schier endlose Treppenflucht, versuchte sie abzuschätzen. Gelegentlich, wenn die Stufen durch einen dunklen Nebel führten, verblaßten sie ein wenig. Jedenfalls war unmöglich auszumachen, was dort unten lauern mochte.

Ängstlich sah er nach oben. Er war erleichtert, daß wenigstens der Mond noch da war. Lowrys Augenhöhe lag über dem Boden des Vorgartens; vielleicht konnte er den undefinierbaren Rand noch erreichen und sich aus dem Abgrund herausziehen. Er versuchte es; aber der

Rand ruckte von ihm weg, so daß er um ein Haar den Halt verloren hätte. Atemlos starrte er die Treppenflucht ins Rätselhafte hinab. Oben der Mond, unten die Stufen, und keine Verbindung zur Veranda seines Hauses.

Irgendwo schien ein glockenhelles Gelächter zu erklingen. Zornig sah er sich um, doch offenbar kam das Geräusch nur von dem japanischen Windspiel auf der Veranda. Irgendwie wußte er, daß er den Fuß der Treppe nicht erreichen durfte, daß er den Verstand verlieren würde, setzte er sich den Schrecken aus, die ihn dort erwarteten. Aber er brauchte ja nur zwei Stufen tiefer zu gehen, dann würde er den Rand dieses Lochs ergreifen und sich hinaushieven können. Er versuchte es - der Rand zog sich vor ihm zurück. So geht das also nicht, sagte er sich, als seine Hände ins Leere griffen. Er mußte zurück ...

Wieder kippte er beinahe hintenüber ins Nichts! Die zwei Stufen, über die er abgestiegen war, hatten sich prompt hinter ihm aufgelöst.

Dasselbe Gelächter wie vorhin - nein, nur das liebliche Klingeln des Windspiels.

Er spähte schräg hinab über die Treppenflucht, durch Schichten düsteren Nebels in pechschwarzes Grauen hinein. Halt. Doch, ja, da unten gab es eine Tür, an der Seite der Treppe, keine dreißig Stufen unter ihm. Diese Tür mußte hinaus und zurück nach oben führen; und wenn es nicht so war - nun, er sollte wenigstens den Versuch unternehmen. Er setzte sich in Bewegung, blieb unterwegs aber stehen und warf einen Blick über die Schulter. Wie merkwürdig, daß die Stufen immer verschwanden, sobald er sie verlassen hatte! Denn jetzt stand zwischen ihm und der Fassade seines Hauses nur gähnende Leere; er konnte dort oben noch die Lampen brennen sehen. Was würde Mary davon halten -

»Jim! Jim, du hast deinen Hut vergessen!«

Er wirbelte herum und stierte hinauf. Mary stand auf der Veranda und schien entsetzt in den tiefen Schlund hinabzublicken, der sich im Vorgarten aufgetan hatte.

»Jim!« Das Loch im Boden mußte sie also gesehen haben.

»Ich bin hier unten, Mary. Komm mir ja nicht nach! Ich bin gleich wieder oben. Keine Angst!«

Das schwache Mondlicht reichte nicht aus, um ihren Gesichtsausdruck zu erkennen. Die Ärmste, sie mußte tödlich erschrocken sein.

»Jim! Oh, mein Gott! Jim!«

Konnte sie ihn etwa nicht hören? »Es ist mir nichts passiert, Mary! Ich bin gleich zurück, ich muß nur die Tür hier unten erreichen!« Mary tat ihm leid.

Sie begann die Treppe herunterzukommen. Er legte die hohlen Hände an den Mund, um ihr eine Warnung zuzuschreien. Noch einen Schritt weiter, und sie fiel ins Bodenlose! »Nicht weiter, Mary! *Halt!*«

Ein Donnerschlag rollte, und die Erde schlug über seinem Kopf zusammen. Das Mondlicht verschwand; die ganze Treppenflucht versank in tiefschwarze Nacht.

Bebend stand er da, krampfhaft die rauhe, erdige Wand betastend.

Aus weiter, weiter Ferne vernahm er den ersterbenden Schrei: »Jim! Oh, mein Gott! Jim!« Dann erneut, nur noch ein Flüstern. Und wiederum, doch tonlos verblaßt zur Erinnerung.

Es war ihr nichts passiert, redete er sich grimmig ein. Es konnte ihr nichts passiert sein. Der Abgrund hatte sich geschlossen, bevor sie ihn erreichte, und nun verdichtete sich dort oben die Falle, so daß ihre Stimme unmöglich zu ihm durchdringen konnte. Aber gleichzeitig empfand er ein tiefes Mißtrauen. Vielleicht war sie jetzt gar nicht dort oben. Schüttelfrost und Übelkeit setzten wieder ein, alles schien sich um ihn zu drehen, bis er sicher war, er würde vornüber kippen und ewig hinabstürzen in das Mysterium, das von dort unten her seine gierigen Finger nach ihm ausstreckte - aus den Tiefen des Abgrunds, in die er nicht vorzudringen wagte.

Jedenfalls befand sich vor ihm eine Tür. Er konnte nicht hier herumstehen und winseln; so käme er niemals heraus. Er hatte sie gesehen und würde sie finden. Er tastete sich abwärts, suchte jede einzelne Treppenstufe mit ausgestreckten Zehen und entdeckte, daß sie nicht gleichmäßig angebracht, sondern manchmal fast einen Meter weit, manchmal nur um zwei Fingerbreit voneinander entfernt waren. Auch die Wand hatte sich unter seinen Händen gewandelt. Sie war jetzt glitschig und kalt, als wäre jahrhundertelang Wasser von oben herabgesikkert, um den Stein zu glätten und mit Moos zu überziehen. Von irgendwo hallten langsame Tropfenschläge durch die Leichenstille des trostlosen Orts.

Es hatte ihn schon übler erwischt, tröstete er sich. Aber trotzdem - wie konnte man über Jahrzehnte in diesem Haus leben, ohne den schrägen Tunnel unter der Vordertreppe je zu erahnen!

Was wollte er hier überhaupt? Er mußte doch etwas wiederfinden ...

Vier Stunden seines Lebens.

Einen Filzhut.

Wann zum Teufel kam diese Tür? Er hatte dreißig Stufen zurückgelegt, ohne fündig zu werden. Konnte er jetzt vielleicht zurück? Nein! Noch immer verschwanden hinter ihm die Stufen, sobald er sie verlassen hatte. Hatte er seine Tür verfehlt, gab es keinen Rückweg mehr! Einen Moment lang ergriff ihn panisches Entsetzen. Hatte sich die Tür etwa auf der anderen Seite befunden? War sie unwiederbringlich verloren? Vielleicht war er nun gezwungen, hinabzusteigen - ganz hinab - und welch grauenvolle Entdeckung erwartete ihn dort?

Etwas Klebrig-Warmes trieb an seiner Wange vorbei, vermutlich eine Nebelschicht; aber was für ein seltsamer Nebel! Eine laue, faserige Substanz, die sogar vibrierte, als sei sie von Leben erfüllt! Er spannte einige Stränge des Materials zwischen seinen Händen, aber aalglatt schlängelten sie sich heraus und verschwanden.

Er rieb seine Handflächen am Mantel ab, um das kribblige Gefühl loszuwerden. Er stieg weiter hinab.

Der Nebel legte sich jetzt wie Spinnweben um seine Wangen, verfing sich flattrig an seinen Schultern.

Schwach erreichte ihn der Ruf: »Jim! Jim Lowry!«

Er versuchte in diese Richtung zu preschen, aber der Nebel hielt ihn unsichtbar im Griff.

»Jim Lowry!«

Wie hohl das klang!

Er warf sich mit aller Kraft gegen die klebrigen Fesseln, in der Erwartung, sie würden sich zäh und unwillig teilen; aber statt dessen wurde er urplötzlich freigegeben und stürzte fast im Dunkeln die Treppe hinab. Seine haltsuchenden Hände fanden die Wand, er tastete sich voran. Gelegentlich prüfte er vorsichtig, ob die soeben verlassenen Stufen noch existierten - vergebens. Hier mußte doch irgendwo eine Tür sein!

Blendende Helle überwältigte seine Augen.

Er stand scheinbar auf festem Boden, doch die Sonne war nicht zu sehen. Nur Licht, grell und hart. Verbrannte Erde, rot und rauh, erstreckte sich ringsum in unbestimmter Nähe. Rachenartige Nischen durchzogen das zerklüftete Gestein.

Ein kleiner Junge saß gleichgültig auf einem großen Stein und kratzte seine Initialen in den kahlen Boden. Er pfiff mit schmerzhaft falschen Tönen ein albernes Liedchen, wobei das Pfeifen gelegentlich in ein heiseres Zischen entartete. Er zog sich den Strohhut schräg herunter und warf einen Blick auf Lowry.

»Hallo.«

»Hallo«, sagte Lowry.

»Du hast keinen Hut auf«, sagte der Junge.

»Nein. Na und?«

»Außerdem hast du Dreck an den Händen.« Mit diesem Tadel wandte er sich wieder seiner sinnlosen Beschäftigung zu.

»Wie heißt du denn?« fragte Lowry.

»Wie heißt denn du?« entgegnete der Junge.

»Ich heiße Jim.«

»Komisch. Ich heiße nämlich auch Jim. Aber mein richtiger Name ist James, weißt du. Suchst du was?«

»Hm ... ja. Meinen Hut.«

»Ich habe einen Hut gesehen.«

»Wirklich? Wo?«

Feierlich erklärte der Junge: »Auf dem Kopf meines Vaters.« Schallendes Gelächter über den eigenen Witz. Dann ein Griff in die Tasche: »Willst du was sehen?«

»Ich denke schon. Wenn es sehenswert ist!«

Der Junge zog eine Hasenpfote hervor und hielt sie Lowry bewundernd entgegen. Plötzlich hing nur noch die Hasenpfote in der Luft; vom schemenhaften Saum der kargen Landschaft wallte Finsternis herein, die endlich auch den Talisman verschluckte. Lowry tat einen Schritt und fiel wieder beinahe die Treppe hinunter. Zögernd schob er sich voran. Irgendwo tropfte Wasser. Die altersschwachen, moosigen Stufen waren sicher schon lange nicht mehr betreten worden.

Lowry wurde eines matten Schimmers gewahr, der dort unten aus einem Seiteneingang zu dringen schien. Na also! Da befand sich ja doch eine Tür! Er verfluchte sich bereits, in die rote Wüstenei nicht vorgedrungen zu sein, um den Weg nach oben zu finden. Ach was! Er hatte eine Tür gefunden, und damit einen Ausweg aus diesem finsteren Tunnel. Gott sei Dank, das untere Ende der Treppe blieb ihm erspart!

Ein Nebelwirbel ließ die Tür verschwinden, aber flugs tauchte sie wieder auf, deutlicher denn je, nur daß sie jetzt verschlossen war und das Licht einer undefinierbaren Quelle über der Treppe selbst entstammte. Er empfand keine besondere Angst mehr, denn er konzentrierte sich nur auf eines: das Wissen, daß er hier irgendwo seinen Hut und die vier Stunden finden würde. Er hätte den kleinen Jungen fragen sollen.

Als er endlich vor der ersehnten Tür stand, konnte er aufatmen. Fort von der Treppe, dann würde er sich gleich besser fühlen! Er drückte auf die Klinke, jedoch das Portal war verschlossen; ein Türklopfer war nicht zu sehen. Er beugte sich vor, um durchs Schlüsselloch zu blinzeln; aber es gab keines. Er richtete sich auf und wunderte sich nicht, daß in Augenhöhe ein Klopfer erschienen war, ein grünspanbedeckter Frauenkopf, der Schlangen statt Haare trug - die Medusa. Er hob ihn an und ließ ihn auf das Holz niederfallen. Der Widerhall sprang im Zickzack durch den Treppentunnel, als fiele ein Stein in die Tiefe.

Er wartete lange Zeit auf ein Geräusch von der anderen Seite. Gerade wollte er das Medusenhaupt aufs neue erheben, als rostige Riegel knirschten, das Schloß rasselte und die Tür weit aufschwang. Der scharfe Geruch brennender Kräuter und eine dicke, unreine Wolke Finsternis wallten ihm entgegen. Zwei Fledermäuse flatterten schrillend hervor; Lowry wurde vom Schlag einer weichen Flügelhaut getroffen. Beißende Dämpfe und Rauch stiegen ihm in die Augen, so daß er die Frau nicht deutlich sehen konnte. Vage registrierte er ein ausgezehrtes Gesicht, die schaurigen gelben Ruinen eines völlig verfaulten Gebisses, wirres, farbloses Haar und Augenhöhlen, die den Löchern in einem Schädel glichen.

»Mütterchen, ich käme gern von der Treppe herunter«, sagte Lowry.

»Mütterchen? Ach nein, was bist du heute abend höflich, James Lowry! Du möchtest mich also bezirzen; ich soll dir glauben, daß du ehrlich den Versuch unternehmen willst, bei mir einzutreten. Ha, ha! Ich laß dich nicht rein, James Lowry.«

»Aber wartet doch, Mütterchen, woher kennt Ihr nur meinen Namen? Ich bin doch heute zum erstenmal hier!«

»Du warst schon einmal auf dieser Treppe. Gesichter vergesse ich nie. Aber jetzt kommst du herunter, und damals stiegst du hinauf; du hießest auch nicht James Lowry, und nach jeder Stufe hast du die vorige hinter dir fortgestoßen. Als du hier vorbeikamst, hast du mich ausgelacht, du ließest mich auspeitschen und spucktest mir ins Gesicht. Das werde ich nie vergessen!«

»Das ist nicht wahr!«

»Fürs erste ist es gut genug - bis uns an diesem Ort *tatsächlich* ein Stückchen Wahrheit zur Verfügung steht. Und jetzt kann ich mir denken, daß du deinen Hut willst.«

»Ja, genau! Meinen Hut. Aber wie konntet Ihr wissen, daß ich ...«

»Wie kann ich überhaupt etwas wissen? Ha, ha! Er hat seinen Hut verloren. Wusch, fort wie eine Fledermaus. Was sagt man dazu? Er hat seinen Hut verloren! Mein lieber James Lowry, das ist ein furchtbar törichter Fehler. Wie konntest du nur deinen Hut verlieren! In deinem Alter solltest du besser aufpassen, Mann, und du bist dickköpfig genug, um deinen Hut ordentlich festzuklemmen. Aber du hast noch mehr verloren, James Lowry.«

»Wieso, ich ... doch, da habt Ihr recht.«

»Vier ganze Stunden hast du verloren, einfach so! Vier Stunden und deinen Hut. Suchst du Rat?«

»Ach bitte, Mütterchen, können wir nicht eintreten und diese *Treppe* verlassen?«

»Von der kommst du nicht weg. Erst bist du sie hinaufgegangen, und jetzt wirst du sie hinuntergehen, bis in den tiefen Keller. Es bleibt dir gar nichts anderes übrig. Du kannst dich wehren und dich verzehren, du kannst dich sträuben und sinnlos betäuben, doch dieser Abgrund, der frißt dich auf. Da mußt du hinab. *Ganz* hinab. Weit, weit hinab! *Hinab! Hinab! Hinab!* Soll ich dir einen Rat geben?«

»Ich bitte darum.«

»Dann gib mir dein Taschentuch.«

Er reichte es ihr. Sie schneuzte sich gewaltig hinein und warf es in die Finsternis hinaus. Einen Augenblick später kehrte eine der Fledermäuse damit zurück. Sie warf es wieder hinaus, und diesmal kehrte die andere Fledermaus zurück.

»Ihr Ausreißer!« schimpfte sie. »Soll ich dir einen Rat geben, James Lowry?«

»Bitte, Mütterchen.«

»Versuche ja nicht, deinen Hut zu finden.«
»Warum nicht, Mütterchen?«

»Eben deshalb: wenn du deinen Hut findest, dann wirst du auch die vier Stunden finden, und wenn du deine vier Stunden findest, dann wirst du sterben!«

Lowry blickte verständnislos drein, als sie ihm das besudelte Taschentuch in den Mantel stopfte und mit Krallenfingern nach seiner Kehle griff. Wie gräßlich kratzten ihre scharfen Nägel auf seiner Haut! Aber sie richtete ihm nur die Krawatte.

»Willst du meinen Rat, James Lowry?«

»Ja, Mütterchen.«

»Hüte sind Hüte und Katzen sind Katzen, und singen die Vögel, ist die Welt nicht in Ordnung. Fledermäuse müssen fliegen und Hüte auf den Häuptern liegen, und wenn der Frühling kommt, hält die Welt nur den Atem an, denn der nächste Tod ist bereits gewiß. Rattenbrut ist Rattenbrut, mit deinem Hut sei auf der Hut! Junge, zieh dein Tempo an, sonst wirst du nie ein ganzer Mann! Du hast ein nettes Gesicht, James Lowry. Noch ein Rat gefällig?«

»Aber ja doch, Mütterchen!«

»Geh die Treppe hinab. Du wirst einem Mann begegnen. Willst du unbedingt sterben, so frag ihn, wo du deinen Hut verloren hast.«

»Wird er's mir sagen?«

»Mag sein! Kommt in die Tüte, kommt nicht in die Tüte. Du meine Güte! Fledermäuse sind Hüte! Und Ratten sind Katzen, sind Hüte! Kein Süppchen ist tief genug, um drin zu ersaufen.«

»Wer soll denn ersäuft werden, Mütterchen?«

»Wer redet denn vom Ersäufen? Ersaufen, mein Lieber, ersaufen! Du hast wirklich ein nettes Gesicht, James Lowry.«

»Danke, Mütterchen.«

»Nach dem ersten Mann aber wirst du einem zweiten begegnen. Es sind jedoch beides keine Männer. Es sind Gedanken. Der erste wird dir schon sagen, daß du bald einem zweiten begegnest, und der zweite wird dir sagen, daß du weiter hinab mußt, bis an den Fuß der Treppe. Ganz hinab. Tief, tief, tief hinab - «

»Wo liegt denn das untere Ende der Treppe, Mütterchen?«

»Am oberen Ende natürlich! Folgst du dem Hut bis zur Fledermausbrut, gelangst du zu Katzen mit reißenden Tatzen. Dann trifft dich der Ratten gefräßige Wut. Ratten sind gierig, James Lowry. Ratten werden dich fressen, James Lowry! Du bist schon bei den Fledermäusen; es wartet der Katzen tückische Glut, und endlich der Hunger der Rattenflut. - Willst du noch immer den albernen Hut?«

»Ja, bitte, Mütterchen.«

»Was bist du doch für ein eigensinniger, sturer, dickköpfiger, einfältiger, verderbter, gedankenloser, tierischer, garstiger, herzloser, eigensinniger, sturer, dickköpfiger, einfältiger, verderbter ... Willst du deinen Hut wirklich immer noch finden, James Lowry?«

»Ja, Mütterchen.«

»Und an Dämonen oder Teufel glaubst du nicht?«

»Nein, Mütterchen.«

»Du glaubst *immer noch nicht* an Teufel und Dämonen?«

»Nein, Mütterchen.«

»Dann schau mal hinter dich, James Lowry!«

Er wirbelte herum.

Aber dort war nur pechschwarze Dunkelheit.

Schmetternd fiel eine Tür ins Schloß. Aus weiter Ferne rief eine Stimme: »Jim! Jim Lowry!«

Als er im Dunkeln nach der Stelle tastete, an der sich die Tür befunden hatte, fühlte er nur die Wand; und so verzweifelt er mit Händen und Füßen suchte - die Stufen, die ins Licht hinaufführten, blieben verschwunden. Nur abwärts führte sein Weg voran. Jetzt drang es deutlicher zu ihm durch: »Jim! Jim Lowry!«

Stufe um Stufe - manchmal fast einen Meter, manchmal nur um zwei Fingerbreit voneinander entfernt, teils eben, teils nach rechts, teils nach links geneigt, doch immer in einer anderen Richtung, als es schien. Eine neue

Nebelschicht, diesmal weiß, umspielte und umgarnte ihn mit rauchigen Fingern. Sie war von einem Stoff erfüllt, der seine Kehle reizte, doch es mußte auch etwas darin enthalten sein, was seine Furcht besänftigte und ihn wieder aufrichtete.

»Jim! Jim Lowry!«

Die Stimme erklang nun ganz nah; sie tönte hohl, wie die Ansage eines Ausrufers durch ein Sprachrohr, und ebenso unbeteiligt wie die Aufforderung eines Stationsbeamten an Hunderte von Pendlern, in den Fünf-Uhr-Fünfzehn einzusteigen.

»Oh, Jim! Jim Lowry!«

»Mr. Lowry, bitte kommen. Mr. Lowry, bitte kommen.«

Der weiße Nebel wurde in seinen unteren Schichten langsam durchsichtiger. Endlich konnte Lowry die Treppe sehen. Er schritt jetzt über saubere, trockene Stufen aus poliertem Marmor, an denen sogar ein kunstvoll geschnitztes Geländer hinabführte, das ihm nach der rauhen Steinwand wie eine Erholung vorkam. Die Treppenflucht schien sich ein wenig zu winden, und ein kleines Stück tiefer befand sich offenbar ein großer, mit Bannern ausgekleideter Saal, in dem etwa fünfzig Gäste bei Tisch saßen. Er hatte aber nicht das Gefühl, daß er zu ihnen herantreten sollte. Eine große dänische Dogge sprang in weiten Sätzen auf ihn zu und warf ihn beinahe um, doch dann, als hätte sie sich geirrt, schniefte sie nur und stelzte davon. Lowry ging weiter die Treppe hinab.

»Jim! Jim Lowry!«

Er stand auf einem Treppenabsatz, und mit den Gästen im Saal war irgend etwas passiert, wenngleich sie bestimmt noch in der Nähe weilten. Zu seiner Rechten stellte ein weiß-goldener Wandteppich einen Turnierkampf dar, links stand ein Gestell voller Lanzen unter einer Schmuckplatte mit Schwertern sowie einem Wappenschild, das drei aufsteigende Löwen zeigte.

Eine Hand klopfte ihm auf die Schulter. Er schnellte herum und sah einen hochgewachsenen Ritter in voller Rüstung vor sich stehen, der durch den wehenden weißen Federbusch über dem geschlossenen Helm noch gewaltiger aufzuragen schien.

»James Lowry?«

»Ja?«

»Sind Sie sicher, daß Sie Jim Lowry sind?«

»Natürlich.«

»Warum hören Sie dann auf den Namen James? Aber lassen wir die Haarspalterei. Sie kennen mich?«

»Es tut mir leid, ich kann Sie nicht einordnen. Verstehen Sie mich bitte richtig, Ihr Visier ist heruntergelassen, Sie sind von Kopf bis Fuß gepanzert - «

»Na hören Sie, alter Knabe, was sollen die Ausflüchte? Wir beide sind doch Ehrenmänner. Zanken wir uns also nicht um ein lächerliches Visier, oder? Sie meinen wohl, Sie träumen, hm?«

»Wie - nein - ich dachte eigentlich nicht - «

»Genau. Sie träumen auch nicht. Passen Sie auf, ich werde Sie zwicken!« Gesagt, getan. Er registrierte Lowrys Aufzucken mit einem weisen Kopfnicken. »Sie träumen nicht. Was Sie hier erleben, ist vollkommen echt. Falls Sie mir noch nicht glauben, sollten Sie den Abdruck meiner stählernen Finger inspizieren.«

Lowry warf einen Blick auf seinen Handrücken: gequetschtes, blutendes Fleisch.

»Und nun zu Ihrem Hut!« sagte der Ritter. »Sie wollen ihn unbedingt finden?«

»Auf jeden Fall.«

»Der Hut war nur ein paar Dollar wert. Das wissen Sie. Mal ganz ehrlich, Alter, was bedeuten Ihnen ein paar Dollar, verglichen mit dem Wert Ihres eigenen Lebens?«

»Was hat mein Leben mit einem Hut zu tun?«

»Na, so was, alter Knabe, haben Sie nicht zugehört, als das alte Mütterchen Sie warnte: Wenn Sie den Hut finden, dann finden Sie auch die vier Stunden, und sobald Sie die vier Stunden finden, ist Ihr Leben verscherzt? Sollten wir nicht einen klaren Kopf behalten? Untersuchen wir das Problem ganz sachlich, im kalten Lichte der Vernunft! So ein Hut kostet vielleicht zehn Dollar. In den verbleibenden fünfunddreißig Jahren Ihres Lebens werden Sie vermutlich 150.000 Dollar verdienen, bei einem Einkommen von etwa 4.500 pro Jahr. Sollte man soviel Kohle für einen lumpigen Zehner opfern?«

»So besehen ... hm ... nein.«

»Sehr schön, alter Knabe, es freut mich, daß Sie mir soweit folgen können. Untersuchen wir das Problem gründlicher. Sie sind ein hochgescheiter Mann. Sie haben vier Stunden verloren. In den fünfunddreißig Jahren, die vermutlich noch vor Ihnen liegen, stehen Ihnen genau 306.792 Stunden zur Verfügung. Reicht das wohl, um den blödsinnig geringen Verlust von vier Stunden aufzuwiegen?«

»Sicher - aber - «

»Aha! Die Diskussion ist noch nicht beendet! Sie sind entschlossen, Ihren Hut zu finden, was?«

»Ich würde ihn gern finden, ja.«

»Es macht Ihnen also nichts aus, den Hut zu finden und augenblicklich auch die vier Stunden zu finden? Sie liegen nämlich dicht beieinander.«

»Tja - «

»Na also! Der Widerstand läßt ja schon nach, das dachte ich mir. Den Hut finden, vier Stunden finden, den Tod finden. So wird das ablaufen. Hüte gibt es in Hülle und Fülle; wegen eines einzigen Huts brauchen Sie nicht verzweifelt herumzusuchen.«

»Ich ... ich werd' es mir überlegen.«

»Tun Sie das nicht! Sie sollten sich auf der Stelle zu dem Entschluß durchringen, daß es zwecklos ist, Ihren Hut zu finden. Vergessen Sie auch die vier Stunden! Sie müssen diese Zeitspanne völlig vergessen.«

»Aber vielleicht - «, wagte Lowry sich vor, »vielleicht können Sie mir sagen, was in diesen vier Stunden nun eigentlich passiert ist.«

»Immer langsam, alter Knabe! Ich warne Sie vor dem sicheren Tod, der Sie ereilen wird, wenn Sie das herausfinden - und Sie bitten mich prompt, es Ihnen zu sagen. Ich will Sie doch gerade *retten!*«

»Könnten Sie mir wenigstens einen Tip geben?«

»Warum sollte ich?«

»Lag es an dem Zeitungsartikel, den ich - «

»Na, na, Jim Lowry. Versuchen Sie mir das nicht zu entlocken, denn an Ihrem Tod liegt mir nichts. Im Gegenteil, ich halte Sie für einen famosen Mann, einen Pfundskerl - einen besseren gibt es nicht. Steigen Sie nun einfach da hinunter - «

»Ist es die vertrackte Malaria?«

»Nun lassen Sie's mal.«
»Oder lag es an dem Drink?«

»Hören Sie auf, Mann!«
»War es - «

»Ruhe, hab ich gesagt!« brüllte der Ritter. »Wenn Sie um jeden Preis dahinterkommen wollen, dann gehen Sie mal schön diese Treppe hinunter, und Sie werden einem Mann begegnen. Mehr sage ich nicht. Sie werden einem Mann begegnen.«

»Danke«, sagte Lowry. »Und dürfte ich jetzt bitte Ihren Namen erfahren?«

»Meinen Namen? Warum sollte ich einen Namen haben? Ich bin ein Ritter, voll von Idealen.«

»Aber sollte ich Sie wiedersehen, werde ich Sie nicht erkennen!«

»Ich sagte, ich bin voll von Idealen!«

»Na und? Ich bin auch voll von Idealen!« Lowry griff dem Kerl ans Visier und begann es hochzudrücken. Der

Ritter wehrte sich nicht, sondern blieb regungslos stehen.

Das Visier klappte hoch.

Die Rüstung war leer!

Und schlagartig herrschte Finsternis.

Nach kurzem Zögern unternahm Lowry einen weiteren Versuch, den Rückweg anzutreten. Wieder vergebens; fast wäre er abgestürzt. Zitternd fand er sein Gleichgewicht. Blieb ihm am Ende keine andere Wahl, als *da unten* anzukommen? Da unten bei ... Er unterdrückte den animalischen Angstschrei, der in seiner Kehle aufstieg. Er beruhigte sich.

Die Stufen, über die er nun ging, wirkten ein wenig anders. Sie tönten hohl, wie eine Holztreppe, und waren überraschend gleichmäßig angelegt. Nach einer kurzen Strecke stürzte er beinahe hin, als er festen Boden erreichte, wo er eine weitere Stufe erwartet hatte. Tatsächlich! Er befand sich auf ebener Erde! Er konnte zwar nichts sehen -

Mit einem Ruck drehte er sich um und suchte nach der untersten Stufe. Sie war noch da! Auch die Stufe darüber, und die nächsthöhere! Vielleicht war die ganze Treppe wieder aufgetaucht, so daß er an die Oberfläche zurückkehren konnte! Aber er stolperte aufs neue, denn wo vorher ein marmorner Treppenabsatz gelegen hatte, befand sich jetzt eine hölzerne, durch ein Geländer abgegrenzte Plattform, die ihm den Weg versperrte. Er stieg wieder auf die ebene Fläche hinab.

Er hatte den Kerl, der dort stand, vorher gar nicht gesehen; der Mann war nämlich ganz in Schwarz gekleidet. Völlig in Schwarz. Er trug einen schwarzen Schlapphut mit breiter Krempe, die sein Gesicht weitgehend verdeckte; es bestand aber kein Zweifel an der Grobheit seiner Züge und der Grausamkeit seines Munds. Um die mächtigen, buckligen Schultern hing ein schwarzer Umhang mittelalterlichen Stils. Schwarze Schnallen zierten seine Schuhe. Er trug eine Laterne, deren schwacher Lichtschein den Raum zwischen Lowry und ihm selbst kaum erhellte. Er ließ sich mitsamt seiner Lampe auf einen hölzernen Sitz nieder, um dort ein langes, schlangenartiges Etwas unter seinem Arm hervorzuholen. Er zückte sodann ein schwarzes Büchlein, hob die Laterne darüber und blätterte stieren Blicks von einer Seite zur nächsten.

»Lowry?«

»Höchstpersönlich.«

»Ach! Kecker Bursche, hm? Na schön, man tut auch besser daran, mir eine klare Antwort zu geben.« Er spuckte laut zu Boden und sah wieder ins Buch. »Schönes schwarzes Wetter heute, nicht wahr?«

»Ja. Ganz wie Sie meinen.«

»Was wiegen Sie, Lowry?«

»Hundertundsiebzig Pfund.«

»Hm-m-m. Hundertundsiebzig Pfund.« Er fummelte einen Bleistift hervor und kritzelte etwas in sein Büchlein, hob dann die Laterne hoch und untersuchte Lowrys Gesicht und Körperbau. »Hm-m-m. Keine Mißbildungen?«

»Nicht, daß ich wüßte.«

»Einhundertsiebzig Pfund und ein gewöhnlicher Hals. James Lowry, wenn ich mich vergewissern darf?«

»Ja.«

»Wir werden uns zwar nicht lange kennen, aber das ist Ihr Problem, nicht meines.«

»Wie ... wie heißen Sie?«

»Jack. Eigentlich Jack Ketch, aber nennen Sie mich ruhig Jack.« Er spuckte wieder laut vor sich hin. »Wollen Sie mir einen Gefallen tun und sich die Prozedur erleichtern, dann sollten Sie bitte ein oder zwei Pfundnoten dabei haben, wenn Sie zu mir heraufkommen.«

Der Kerl strömte einen modrigen Geruch aus - nach Fäulnis und getrocknetem Blut -, daß Lowry die Haare zu Berge stiegen. »Wieso eine Pfundnote?«

»Warum nicht? Ich muß ja auch etwas zu essen haben, genau wie Sie früher. Ich kann es Ihnen leicht machen, oder Sie können auch schrecklich zu leiden haben. Wenn Sie auf meinen Rat hören wollen - stecken Sie mir die ein oder zwei Pfund am besten gleich zu, und dann können wir die Sache hinter uns bringen. Der Schauplatz steht bereit; wir machen es uns bloß schwer, wenn wir's weiter hinauszögern, und Sie würden sich nur Sorgen machen. Was halten Sie davon?«

»Ich ... ich weiß nicht, wovon Sie reden.«

Er hob die Laterne und starrte Lowry ins Gesicht. »Ach, ach! Dabei sehen Sie so klug aus.« Er stellte die Laterne zurück, hob den langen, schlangenartigen Ge genstand aus seinem Schoß und machte sich mit ungeschlachten Fingern daran zu schaffen.

Lowry lief es kalt über den Rücken. Jack Ketch. Der Name klang bekannt. Aber er war diesem Mann bestimmt noch nicht begegnet. Jack Ketch -

Plötzlich erkannte er, was der Mann da machte. Er hatte einen Strick in den Händen und knüpfte eine Henkerschlinge!

Ja, und die Stufen! Dreizehn an der Zahl. Und das Gerüst dort oben auf der Plattform - ein Galgen!

»Nein!« schrie Lowry. »Das dürfen Sie nicht! Sie haben keinen Grund!«

»He! He, Lowry! Jim Lowry! Kommen Sie zurück! Vor mir können Sie nicht davonlaufen! Sie können mir gar nicht entkommen! Lowry - Jim Lowry - «

Stampfend verfolgten ihn die Stiefel des Henkers. Der schwarze Umhang flatterte donnernd über den Boden.

Lowry gelangte an den Rand einer weiteren Treppe, die er mehr ahnte als sehen konnte, und versuchte seinen Schwung irgendwie abzufangen. Aber die Stufen waren zu schlüpfrig, er glitt aus, fiel, wehrte im Fallen den unvermeidlichen Aufprall ab - und stürzte ins Leere.

Er fiel eine halbe Ewigkeit durch schwarzen, undefinierbaren Raum, mit qualvoll ziehenden Eingeweiden, ein Spielball nackter Angst; er krümmte sich, überschlug sich, stürzte, stürzte, stürzte, durch Nebelbänke, peitschende Zweige und wiederum Nebel.

Als er zu sich kam, lag er im Morast, im quatschenden, fauligen, übelriechenden Schlamm eines unbekannten Orts. Irgendwo bewegte sich etwas durch die Finsternis. Morsche Äste barsten, ein unsichtbarer Verfolger schnaufte heftig und heiß, suchte und grunzte.

So lautlos er konnte, kroch Lowry davon. Hier war es zu dunkel, als daß man ihn sehen könnte; er mußte jedes Geräusch unterdrücken -

»Lowry! Jim Lowry!«

Lowry preßte sein Gesicht in den Dreck und lag mucksmäuschenstill.

»Glaubst du wirklich, ich könnte dich nicht sehen, Jim Lowry! Warte ein Momentchen. Ich hab' was für dich.«

Jack Ketchs Stimme kam näher, und Lowry erkannte, daß der Kerl ihn offenbar deutlich sehen konnte, obwohl seine eigenen Augen ihm in der Dunkelheit den Dienst versagten. Wild sprang er auf und flüchtete über den zähen Boden; an dornigem Gestrüpp riß er sich die Haut auf, ein halb versunkener Baumstumpf brachte ihn zu Fall, er erhob sich wieder. Er watete knietief im Schlamm und quälte sich weiter voran.

»Ich kann Ihnen sagen, wo Sie Ihren Hut finden werden, Jim Lowry. Ich will Ihnen helfen!« Der Henker spuckte kräftig aus. »Sie entkommen mir nicht.«

Lowry stieg warmes Wasser bis an die Schenkel. Die Füße versanken im Schlick, und ekliger Dunst hüllte ihn ein. Er watete so schnell wie möglich hindurch.

»Ich versuche Ihnen zu helfen, Jim Lowry!« rief Jack Ketch aus bedrohlicher Nähe. »Ich will Ihnen doch nur helfen. Ich kann Ihnen sagen, wo Sie Ihren Hut finden. Wollen Sie mir nicht zuhören?«

Lowry fühlte sich hundeelend und schrecklich ermattet. Er schlug der Länge nach hin, befreite sich mühsam aus dem Morast und hastete weiter.

»Ich möchte Ihnen nicht weh tun«, beteuerte Jack Ketch. »Ich will Sie doch nur aufhängen!« Er fluchte und spie. »Undank ist aller Welt Lohn! Lowry! Kommen Sie zurück! Ich will Ihnen sagen, wo Sie Ihren Hut finden können!«

Endlich gewann er festen Boden unter den Füßen. Lowry floh traumhaft schnell durch die samtene Dunkelheit. Doch plötzlich schmetterte eine urgewaltige Kraft gegen seine Brust und stieß ihn flach zu Boden. Halb erstickt geriet er in einen unbarmherzigen Sog aus Sand und See, der ihn herumwirbelte, gierig an ihm zerrte, ihn hinabzog und aufs Meer hinausschleppte. Er war am Ertrinken!

Hart schlug ihm das Salzwasser in den zum Schreien aufgerissenen Mund. Gnadenlos riß ein Strudel ihn in die Tiefe. Um ihn herum nur grünliches Licht - seine letzten Luftblasen stiegen der Oberfläche entgegen -

Plötzlich sah er sich nach oben gespült, saugte Luft in seine gepeinigten Lungen, Luft, die zur Hälfte Seewasser war. Er hustete und würgte, versuchte um Hilfe zu schreien. Auf einmal verklang die Panik, er stellte fest, daß er sich ganz leicht über Wasser halten konnte. Sein Atem normalisierte sich, während er Wasser trat und ängstlich nach Jack Ketch Ausschau hielt; aber der Henker schien spurlos verschwunden. Statt dessen gewahrte er eine langgestreckte Urwaldküste, einen goldenen, von weißen Wellen bespülten Strand und gigantische Bäume, die sich in üppigem Grün übers Meer beugten. Blau strahlte der Himmel, blau glänzte die See, und keinerlei Geräusch störte die heitere, friedliche Stille. Dankbar nahm Lowry die Schönheit der Natur in sich auf und staunte über die wohlige Wärme, die ihn durchzog. Wieder beäugte er den Strand, aber nicht wegen Jack Ketch; er meinte sich vielmehr zu erinnern, daß er etwas verloren hatte - ach ja, die vier Stunden. Trotz aller Warnungen mußte er sie irgendwie finden. Irgendwie mußte er sein Gedächtnis ordnen, um völlig sicher zu sein -

Die Finsternis kehrte zurück. Wind kam auf, erst sachte, dann schrill, und die Wellen gerieten in Aufruhr. Lowry begann zu ermüden.

Plötzlich wußte er, daß dort unten in der Tiefe ein namenloses Ungeheuer lauerte, das hochschießen und ihn hinabreißen würde, und nicht nur eines - nein, ein ganzes Gewimmel unaussprechlicher schwarzer Scheusale, die ihn hinunterzerren und zerfleischen wollten.

Er holte weit aus, um in der rasch einfallenden Dunkelheit die Küste zu erreichen. Er mußte sich energisch zusammenreißen, seine Kräfte nicht in einer panischen Fluchtreaktion zu vergeuden - und die bedrohlichen Geschöpfe der Tiefe aus seinen Gedanken zu verbannen. Es lag ein Brüllen in der Luft, das Tosen einer ungeahnten Brandung. Über die Wellen hinweg sah er die Gischt gewaltig hochschießen und niedersinken - an einem zerklüfteten Riff wild aufsprühende Wassermassen. Er versuchte abzudrehen. An diesem Landeplatz würde er von Riesenhand zerschmettert, aber lange konnte er sich in der aufgewühlten See nicht mehr halten - und jeden Augenblick mochte ein undefinierbares Monster heraufkommen, um ihn spielend in der Mitte durchzubeißen. Der Rückweg aufs offene Meer war ihm versperrt: die brausende See schien ihn unaufhaltsam in die schwarzen Reißzähne der Klippen zu treiben. Irgendwo schmetterten Blitze bläuliche Feuerwände zur Erde nieder, doch außer der Brandung war kein Donner zu vernehmen. Auf den Wellen wogte er drei Meter hoch, drei Meter hinunter, und jedesmal kam er den scharfen Felsen näher. Er konnte weder hören noch atmen. Die nasse Falle hielt ihn fest im Griff, und falls er nicht ertrank, mußten die Klippen ihm sämtliche Glieder zerschlagen.

Da stieß etwas gegen ihn - er schreckte zurück. Er wurde ein zweites Mal angestoßen und erblickte ein Stück Holz! Aber schon als er danach griff, war ihm bewußt, daß es sich hier um eine besondere Schöpfung handelte, die er eigentlich nicht berühren durfte.

Unmittelbar über dem Stück Holz spürte er eine geistige Präsenz. Er schaute hoch.

Er sah ein Buch, von zwei Händen gehalten. Sonst nichts. Nur ein Buch und ein Paar Hände.

»Nun halte dich schön daran fest«, tönte eine etwas ölige Stimme. »Bald wird alles gut. Aber du mußt ordentlich festhalten und die Augen schließen; du darfst nichts sehen und nichts hören, nur das, was ich dir zu sehen und zu hören befehle. Vertraue mir und mach genau, was ich dir sage ...«

Die Stimme schwand dahin und schien aus weiter Ferne zu kommen, aber nur weil Lowrys müdes Antlitz ins Wasser gesunken war wie in ein tröstendes Kissen, während seine Hände sich, fast kraftlos, weiter um das rettende Treibholz schlossen.

KAPITEL IV

»Na los, Mann! Dich bringen wir schon wieder auf die Beine. Schlaf dich hinter Gittern aus, und du bist so gut wie neu. Ich werd' nie kapieren, warum ein Mann sich besaufen muß - na, so was, das ist ja Professor Lowry!«

Nebelhaft nahm er die Worte wahr, und die Berührung kräftiger Hände brachte ihn schließlich zu sich. Er ließ sich schwerfällig vom nassen Trottoir auflesen. Sämtliche Glieder schmerzten.

Der Regen fegte unter der Straßenlampe in silbernen Wolken dahin, die alles, was sie berührten, mit einer Glanzschicht überzogen. Ein satter, feuchter, gesunder Duft durchzog die Nacht, der Duft grünender Pflanzen und neugebärender Erde.

Neben ihm stand der alte Billy Watkins, dem das Wasser vom dunklen Regenumhang strömte, und stützte ihn ab. Ach ja, der gute alte Billy Watkins, der in Lowrys Kindheit bereits als junger Wachtmeister Dienst geschoben und ihn einst in Gewahrsam genommen hatte, weil er mit seinem Fahrrad auf dem Bürgersteig fuhr; und ein andermal, weil Lowry angeblich eine Fensterscheibe eingeschmissen hatte. Trotzdem war der alte Watkins jetzt imstande, Jim Lowry, nunmehr Professor am Atworthy College, bei aller Verblüffung respektvoll abzustützen. Das viele Regenwasser hatte den weißen Schnurrbart in spitze Fäden gezogen und den gewohnten Tabaksaft endlich einmal herausgewaschen.

»Ich frage mich«, murmelte Lowry mit belegter Stimme, »wie lange ich hier wohl gelegen habe.«

»Ach, ich würde sagen, so ungefähr fünf oder sechs Minuten. Ich war nämlich gerade hier vorbeigekommen und bis in die Chapel Street gelangt, als ich mich erinnerte, daß ich hier unten von der Telefonzelle aus einen Anruf erledigen wollte; deshalb bin ich zurückgekommen und fand Sie hier auf dem Bürgersteig.«

»Wie spät ist es denn?«

»Na, ich denke, so an die vier Uhr. Bald geht die Sonne

auf. Ist Ihre Frau krank? In Ihrem Haus sehe ich ein paar Lampen brennen.«

»Nein. Nein, Billy, ich glaube eher, mich hat's erwischt. Ich wollte einen kurzen Spaziergang machen - «

»Da haben Sie wohl nicht schlafen können. Ich für meinen Teil finde - wenn es wirklich nicht geht, ist ein Glas warme Milch immer noch das beste Rezept. Kommen Sie zurecht?«

»Doch. Ja, es geht mir schon besser.«

»Sie sind bestimmt gestolpert und hingestürzt. Sie haben einen blauen Fleck im Gesicht, und Ihr Hut ist Ihnen wohl auch abhanden gekommen.«

»Ach ja ... den muß ich verloren haben. Natürlich, ich bin gestolpert. Welche Straße ist das hier?«

»Na hören Sie, Sie wohnen doch hier. Keine zehn Meter hinter Ihnen steht Ihr eigenes Haus. Kommen Sie, ich helfe Ihnen die Treppe rauf. Ich hab's schon gehört, Sie haben sich eine Tropenkrankheit geholt. Aber das Dienstmädchen von Mrs. Chalmers meinte, es sei nichts Ernstes. Was laufen Sie aber auch in heidnische Länder davon, Jimmy - ich meine, Professor Lowry?«

»Oh - die Abenteuerlust, würde ich sagen.«

»Na, was auch sonst. Genau wie mein Großvater. Schlug sich die Nächte mit seinen Indianern um die Ohren, und tagsüber wurden Schienen gelegt. Aber da haben wir's. Soll ich für Sie klingeln, oder haben Sie - «

»Nein, nein, die Tür ist offen.«

»Wissen Sie, als Sie fort waren, hat Ihre Gattin lieber abgeschlossen, und jetzt dachte ich, das macht sie vielleicht immer noch. Sie sind aber ganz schön blaß, Ji... - Herr Professor, meine ich. Sind Sie sicher, daß ich nicht lieber Doc Chalmers benachrichtigen sollte?«

»Nein, es geht schon.«

»Gott bewahre, Sie sehen bloß nicht danach aus. Na ja, Sie müssen es am besten wissen. Gute Nacht.«

»Gute Nacht, Billy.«

Fasziniert sah er dem Alten nach, wie er die Stufen hinunterhinkte. Aber der Vorgarten hielt diesmal dicht, Old Billy erreichte ganz selbstverständlich die Straße, drehte sich winkend noch einmal um und zuckelte dann in den Regen hinaus, auf und davon.

Lowry öffnete die Tür und trat ein. Als er sich den Mantel auszog, entstand eine Pfütze um seine Füße.

»Bist du es, Jim?«

»Ja, Mary.«

Sie lehnte sich oben übers Geländer, zog sich dann einen Morgenmantel über und eilte herunter. »Ich bin fast verrückt geworden. Ich wollte gerade Tommy anrufen und ihn herbestellen, um nach dir zu suchen - aber du bist ja klatschnaß! Und wie kommst du zu einer Prellung im Gesicht? Und was ist mit deiner Hand passiert?«

Lowry sah auf seine Hand; er entdeckte eine Quetschung und eine Schnittwunde wie von einer Zange. Er zuckte zusammen. »Ich muß hingefallen sein.«

»Aber wo denn? Und wie du riechst ... nach Seetang!«

Ein Schauer ergriff ihn; sie warf seinen Mantel hin und zog ihren Mann ohne Rücksicht auf den Teppich die Treppe hinauf. Es war sehr kalt in dem alten Haus, und noch kälter in seinem Zimmer. Sie pellte ihm die Kleidung vom Leib, wickelte ihn in die Bettdecken ein, rubbelte ihm Gesicht und Haare mit einem Handtuch ab.

Er schmeckte Salzwasser auf den Lippen und hörte

ohrwurmartig den Satz: »Das untere Ende ist natürlich am oberen Ende!«

»Ich hätte niemals zulassen dürfen, daß du rausgehst.«

»Arme Mary. Ich habe dir Sorgen gemacht.«

»Darum geht es gar nicht. Wegen dieser einen Dumm-heit kannst du fürchterlich krank werden. Warum bist du nicht zurückgekehrt, als es zu regnen anfing?«

»Mary?«

»Ja, Jim?«

»Ich liebe dich.«

Sie küßte ihn.

»Du weißt, daß ich dir nie etwas zuleide täte.«

»Natürlich nicht, Jim.«

»Ich finde, du bist gut und treu und schön, Mary.«

»Pst! Schlaf jetzt schön.«

Er schloß die Augen und fühlte ihre Hand noch beruhigend auf seiner Stirn. Gleich darauf schlief er ein.

Er erwachte mit dem tödlichen Gefühl, daß irgend etwas furchtbar im argen sei, als ob in nächster Nähe ein Mensch oder ein Ding bedrohlich auf der Lauer läge. Er starrte im Zimmer ringsumher, ohne etwas Beunruhigendes zu entdecken. Vielmehr schien die Sonne angenehm mild auf den Teppich und einen Teil der Wand, draußen gingen irgendwo Leute vorbei, behaglich ins Gespräch vertieft, und ein, zwei Häuserblocks weiter wurde ungeduldig gehupt.

Heute war Sonntag. Er sollte sich für den Kirchgang bereitmachen. Er warf die Decken zurück und stieg aus dem Bett. Seine Kleider hingen ordentlich über einer Stuhllehne, aber der Anzug von gestern war verdreckt und mit Schlamm bespritzt; er mußte in die Reinigung.

»Mary!«

Sie schlief sicher noch. Er schlüpfte in einen Morgenmantel und trat leise durch die Tür ihres Schlafzimmers. Da lag sie und ruhte, einen Arm über die Decke hingeworfen, die Lippen ein wenig geöffnet, das reizende Antlitz umrahmt von der leuchtenden, duftigen Wolke ihres Haars. Sie regte sich und öffnete die Augen.

»Oh!« sagte sie, plötzlich wach. »Ich hab' verschlafen, wir kommen zu spät zur Kirche. Ich werde uns ein Frühstück machen und - «

»Nein«, fiel ihr Lowry ins Wort. »Du gehst nicht zur Kirche.«

»Aber Jim - «

»Du hast dir deinen Schlaf redlich verdient. Du sollst noch ein Weilchen liegenbleiben und faulenzen. Du warst bestimmt nicht länger im Bett als drei, vier Stunden.«

»Na, weißt du ...«

»Ich geh' hin und rette die Familienehre. Ich werd' rasch im Speiselokal etwas essen. Also dreh dich noch mal um und schlaf - «

»Mein Schönheitsschläfchen?«

»Das hättest du ganz bestimmt nicht nötig.« Er küßte sie und ging, die Tür hinter sich schließend, in sein Zimmer, um einen dunklen Anzug auszuwählen.

Frisch geduscht und angekleidet begab er sich auf Zehenspitzen nochmals an ihre Tür.

»Jim«, murmelte sie schläfrig, »heute nachmittag wollten ein paar Leute zu Besuch kommen. Sag ihnen doch bitte, daß mir nicht wohl ist, oder so was in der Art. Ich hab' keine Lust, durchs Haus zu hetzen und allerlei Vorbereitungen zu treffen.«

»Ganz wie du wünschst, Liebling.«

»Erzähl mir, was die Frauen anhatten«, rief sie ihm hinterher.

Er kam schon selbst fast in sonnige Stimmung, als er die Verandastufen hinabschlenderte. Doch auf der letzten Stufe hielt er inne; er hatte Angst, den Weg zu betreten. Dieser Schritt kostete ihn einige Überwindung; erst die befremdeten Blicke der Passanten setzten ihn in Bewegung. Es stellte sich heraus, daß der Weg ihn heute morgen trug. Erleichtert und wiederum fast fröhlich spazierte er auf die Straße hinaus, schritt voran und nickte links und rechts Bekannten zu.

Die kleine Schnellgaststätte war nahezu leer. Der unrasierte Koch genehmigte sich am fernen Ende der Theke eine Zigarette und ein Täßchen Kaffee. Er verzog das Gesicht, als der störende Gast eintrat, freute sich dann aber, als er Lowry erkannte.

»Sieh da, der Herr Professor! Sie haben sich noch gar nicht blicken lassen, seit Sie zurück sind.«

Lowry schüttelte Mikes weiche, feuchte Hand. »Hatte wohl zu viel zu tun. Machen Sie mir bitte Schinken mit Ei und einen Kaffee, Mike. Und bitte schnell, ja? Ich komme sonst zu spät zum Gottesdienst.«

»Die Glocken haben noch nicht einmal geläutet«, brummte Mike und machte sich an der Bratpfanne zu schaffen. Lässig zerbrach er die Eier mit nur einer Hand.

»Wie fühlt man sich denn, wenn man endlich wieder unter zivilisierte Menschen kommt?« fragte Mike, als er Lowry das Frühstück servierte.

»Na klar«, sagte Lowry, der nicht hingehört hatte.

Leicht verwundert trottete Mike zu seinem Kaffee zurück und zündete sich den nächsten Glimmstengel an. Die Tasse und die Zigarette blieben einen Augenblick in der Luft hängen, während er vor sich hin brütete; dann schüttelte er den Kopf, gab das Problem auf und trank seinen Kaffee.

Lowry aß langsam, abgelenkt von einer wirren Gedankenflut: Ständig gingen ihm Tommys Worte durch den Sinn, und die düsteren Vorahnungen, die Tommy geäußert hatte, ließen ihn nicht los - denn Tommy pflegte nicht zu witzeln, wenn einem Mann die Sorgen über den Kopf wuchsen. Schon während des Gesprächs hatte sich offenbar eine Kluft zwischen ihnen aufgetan; daß er sich vor Tommy Williams plötzlich so fremd und befangen fühlen konnte, überraschte ihn. Tommy und keinem anderen hatte er damals anvertraut, daß er tatsächlich das Fenster eingeworfen hatte, obwohl Billy Watkins sein Alibi nicht erschüttern konnte; mit Tommy hatte er einst sogar nach allen Regeln der Kunst Blutsbrüderschaft geschlossen.

Erst als er das kleine Mahl fast verdrückt hatte, bemerkte er, daß es ihm nicht schmeckte; ein lähmendes Gefühl der Furcht durchzog ihn. Aber wovor konnte er hier Angst haben? Plötzlich hatte das Lokal etwas Erstikkendes an sich; hastig suchte er nach Kleingeld, um zu zahlen. Als er einen halben Dollar auf die Theke legte, verweilte sein Blick flüchtig auf dem Spiegel zwischen den Kaffeedosen. Er sah sein eigenes Gesicht, bleich und abgezehrt, aber -

Er entdeckte im Spiegel auch, daß sich etwas hinter ihm befand! Ein verschwommenes, abscheuliches Etwas, das ihm langsam auf den Rücken kroch!

Er wirbelte herum.

Nichts.

Er sah in den Spiegel.

Auch dort nichts.

»Vierzig Cent«, sagte Mike.

»Was?«

»Was ist denn los? Sind Sie etwa krank? Mit den Eiern war doch wohl nichts verkehrt, oder?«

»Nein«, bestätigte Lowry. »Nein, mit den Eiern war nichts verkehrt.«

»Sie haben Ihr Wechselgeld vergessen!« rief Mike hinter ihm her.

Aber Lowry war bereits auf der Straße und eilte fort. Er mußte sich mit aller Kraft zusammenreißen, nicht davonzurennen, nicht über die Schulter zu schauen - und die eisige Benommenheit niederzukämpfen, die ihn zu lähmen drohte.

»Hallo, Jim.«

Er fuhr zusammen und atmete freudig erleichtert auf, als er Tommy erkannte. »Hallo, Tommy!«

»Du bist ja ganz zittrig, alter Freund«, sagte Tommy. »Mit deiner Malaria ist nicht zu scherzen. Paß lieber auf, daß die Sporentierchen dich nicht aushöhlen.«

»Ich komme schon klar«, wehrte Lowry lächelnd ab. Tommy war offenbar auf dem Weg in die Kirche; er trug einen dunklen Anzug und einen dunklen Mantel. Ach ja, dachte Jim, Tommy sah ausgesprochen gut aus.

»Hast du deine Pillen plangemäß eingenommen?«

»Pillen?«

»Na, Chinin, oder was du halt nehmen sollst.«

»Äh - nein. Aber es geht mir ganz gut. Hör zu, Tommy, ich hab' mich selten so gefreut, jemandem zu begegnen.«

Tommy grinste. »Die Freude ist ganz meinerseits, Jim.«

»Wir sind doch schon seit Ewigkeiten befreundet«, sagte Lowry. »Wie lange ist das nun schon her?«

»Oh, so an die fünfunddreißig Jahre. Erzähl das bloß keinem! Wenn man in meinem Alter noch den Lebemann spielt, legt man Wert auf Diskretion.«

»Gehst du in die Kirche?«

»Sicher. Wohin denn sonst?«

»Na ja ...« Lowry zuckte die Achseln und gluckste aus irgendeinem Grund.

»Wir treffen uns doch schon lange an dieser Straßenecke, immer um die gleiche Zeit«, erinnerte ihn Tommy. »Wo bleibt denn Mary?«

»Ach, sie hat letzte Nacht schlecht geschlafen und bleibt heute zu Hause.«

»Ich wünschte, ich hätte auch so eine gute Entschuldigung. Pastor Bates ist ein ausgemachter Langweiler. Vom Alten Testament hatte er wohl noch nie gehört, bis ich ihn auf einer der endlosen Teepartys seiner Frau darauf ansprach.«

»Tommy ... Tommy, ich muß dich etwas fragen.«

»Schieß los, altes Haus.«

»Tommy, als ich dich gestern nachmittag verließ, war es ungefähr Viertel nach drei, nicht wahr?«

»So etwa, ja.«

»Ich bin auch wirklich gegangen, oder?«

»Nasicher bist du gegangen«, gab Tommy schmunzelnd zur Antwort.

»Mehr als den einen Drink hatte ich nicht intus?«

»Stimmt. Nun sag mal, das scheint dir ja richtig Sorgen zu machen! Mir als altem Hellseher kannst du nichts vormachen. Was ist los?«

»Tommy, ich habe vier Stunden verloren.«

»Was du nicht sagst! Ich hab' ganze neununddreißig Jahre verloren.«

»Im Ernst, Tommy! Und nicht nur die vier Stunden - obendrein auch meinen Hut.«

Tommy lachte.

»Ich finde das überhaupt nicht komisch«, protestierte Lowry.

»Jim, wenn du mich mit deinen Triefaugen so anschaust und mir erzählst, daß du wegen eines einzigen Huts halb den Verstand verlierst - dann ist das eben komisch, was soll ich sagen? Nichts für ungut.«

»Vier ganze Stunden sind mir entfallen. Ich hab' keine Ahnung, was in dieser Zeit passiert ist.«

»Na gut - ich kann mir schon vorstellen, daß einen das mitnimmt. Aber es gibt andere Stunden in Hülle und Fülle, und Hüte ebenso. Vergiß es.«

»Das kann ich nicht, Tommy. Seit ich diese vier Stunden verloren habe, hatte ich allerlei Erlebnisse. Schreckliche Erlebnisse!« In kurzen Zügen schilderte er die Abenteuer der vergangenen Nacht.

»Die Treppe runter«, konstatierte Tommy, völlig ernüchtert. »Ja. Jetzt verstehe ich, was du meinst - und noch einiges mehr.«

»Was hat das zu bedeuten?« flehte Lowry.

Tommy schritt eine Zeitlang wortlos aus und blieb dann stehen, als er bemerkte, daß sie sich der Menschenmenge vor der alten Kirche näherten. »Jim, du wirst mir nicht glauben.«

»Ich bin schon bald auf alles gefaßt.«

»Erinnerst du dich, was ich dir gestern gesagt habe? Über deinen Artikel?«

»Meinst du, mein Artikel hat etwas damit zu tun?«

»Ganz sicher. Jim, du hast eine klare und sogar beleidigende Position zu einem Thema bezogen, das seit mindestens hundert Jahren begraben ist.«

»Beleidigend? Für wen?«

»Für - also Jim, das läßt sich schwer in Worte fassen, die du nicht augenblicklich aufs heftigste zurückweisen wirst. Wenn ich du wäre, würde ich nicht versuchen, meinen Hut zu finden.«

»Aber ... aber irgendwie weiß ich, daß die Geschichte mich in den Wahnsinn treibt, wenn ich ihn nicht finde!«

»Ruhig, ganz ruhig! Manchmal gilt: lieber verrückt als tot. Weißt du, Jim, diese Erscheinungen, denen du begegnet bist, wie du sagst - sie verkörpern ganz eindeutig übernatürliche Kräfte. Ja, ich weiß, daß du Einspruch dagegen erheben wirst. Niemand glaubt heutzutage an übernatürliche Kräfte. Na schön. Aber du bist ihnen begegnet. Freilich nicht den eigentlichen Gewalten, die dich aufspüren könnten - «

»Du meinst Teufel und Dämonen?«

»So genau würde ich das nicht festlegen.«

»Was meinst du dann?«

»Erst Jebson, dann vier Stunden und ein Hut. Trägst du übrigens irgendein Zeichen am Leib, das gestern bei deinem Besuch noch nicht da war?«

»Ja, genau!« Jim zog den Ärmel seines Mantels hoch.

»Hm-m-m. Sehr merkwürdig. Der Fußabdruck eines Hasen.«

»Und was heißt das?«

»Ach, lassen wir das jetzt beiseite«, sagte Tommy. »Schau mal, Jim. Gestern war ich ein bißchen trübselig und bin über deinen Artikel hergezogen. Ich gebe zu, er ging mir gegen den Strich, weil ich solche Kräfte gern für real halten würde - sie machen mir Spaß, und Spaß gibt es in unserer Welt selten genug. Und jetzt nähre ich deine Vorstellungen auch noch. Glaub mir, Jim, wenn ich dir helfen kann, dann werde ich es tun. Aber ich mache es dir nur schwerer, wenn ich deine Phantasie zusätzlich anstachle. Du leidest einfach an einer Nebenwirkung von Malaria, die den Ärzten bislang nicht aufgefallen ist. Für eine bestimmte Zeitspanne ist deshalb dein Erinnerungsvermögen getrübt; du bist umhergeirrt und hast dabei deinen Hut verloren. Halte an dieser Erklärung fest! Die Krankheit hat eine Gedächtnislücke verursacht, und unterwegs hast du deinen Hut verloren. Ich bin dein Freund und werfe lieber alles über Bord, als daß ich dich zu Schaden kommen lasse. Verstehst du mich?«

»Danke - Tommy.«

»Geh zu Dr. Chalmers und laß dich mit Chinin vollpumpen. Ich stehe dir zur Seite und halte ein Auge auf dich, damit dir das nicht noch mal passiert. Das dient auch noch einem andern Zweck. Wenn du tatsächlich etwas siehst, dann sehe ich es auch. Und meine Kenntnis dieser Dinge wird mir vielleicht erlauben, dich zu schützen.«

»Ich wüßte kaum, was - «

»Sag jetzt gar nichts. Womöglich bin ich selbst dran schuld, nach meinem ganzen Gerede von Dämonen und Teufeln. Du bedeutest mir zu viel, und Mary ebenso, als daß ich ruhig zusehen könnte, wenn euch irgendein Unheil befällt. Und ... Jim!«

»Ja?«

»Sieh mal, Jim. Du meinst doch nicht etwa, daß ich deinem Drink eine Droge beigemischt haben könnte?«

»Aber nein! Das wäre mir nicht im Traum eingefallen!«

»Ich meine nur so. Du weißt, daß ich dein Freund bin, nicht wahr, Jim?«

»Ja, natürlich. Sonst würde ich ja nicht das Risiko eingehen, dir von diesen Merkwürdigkeiten zu erzählen.«

Tommy begleitete ihn weiter bis zur Kirche. Die Glocke läutete, ein schwankender schwarzer Schatten im Turm, und ihr regelmäßig wogender Klang hüllte die wohlgekleideten Gestalten auf der Treppe ein, sog sie ins Innere des Gebäudes. Jim Lowry sah an der freundlichen alten Fassade hinauf. Der Efeu wollte noch nicht ausschlagen, so daß sich nur dicke, braune Seile über den grauen Stein rankten; die Buntglasfenster schimmerten im Sonnenlicht. Doch irgendwie fühlte er sich hier ganz fehl am Platz. Sonst war ihm dieser Ort immer als heilige Zuflucht und Ruhestätte erschienen, aber jetzt -

Eine Frau stieß in der Menge gegen ihn, und er kam genügend zu sich, um Frau Hawkins, die Gattin des Dekans, zu erkennen. Marys Nachricht fiel ihm ein.

»Oh, Mrs. Hawkins!«

»Ach, guten Morgen, Professor Lowry. Ist Ihre Frau heute nicht mitgekommen?«

»Das wollte ich gerade sagen, Mrs. Hawkins. Es geht ihr nicht besonders, und ich glaube, sie hatte Sie für heute nachmittag zum Tee eingeladen.«

»Ja, ganz richtig.«

»Sie bat mich, sich entschuldigen zu lassen, Mrs. Hawkins.«

»Vielleicht sollte ich lieber kurz vorbeikommen und nach dem Rechten sehen.«

»Nicht nötig, sie braucht nur ein bißchen Ruhe.«

»Na, dann sagen Sie ihr, ich hoffe, es geht ihr bald besser.«

»Danke, ich werd's ausrichten«, sagte Lowry und verlor sie dann im Durchgang aus den Augen.

Tommy saß gewöhnlich neben Lowry und Mary, und ihr angestammter Platz auf der Kirchenbank war ihnen freigehalten worden. Lowry glitt auf seinen Platz und schaute sich um, wobei er geistesabwesend einigen Leuten, die ihn grüßten, zunickte.

»Sie ist eine schreckliche alte Schachtel«, flüsterte Tommy ihm zu. »Kein Wunder, daß Hawkins an Verdauungsstörungen leidet. Ich staune, daß sie nach dieser Nachricht noch mit dir redet.«

»Was für eine Nachricht?« wisperte Lowry zurück, wobei er kaum den Kopf zu Tommy umwandte.

»Na, deine Geschichte mit Jebson. Sie und Mrs. Jebson stecken doch dauernd die Köpfe zusammen, und mittlerweile wissen alle Bescheid. Ich bezweifle sowieso, daß sie Mary besucht hätte. Ich wette, ich bin gesellschaftlich unten durch, weil ich neben dir sitze. Wirklich ein komisches Getue. Als ob dir ein Narr wie Jebson überhaupt etwas anhaben könnte.«

»Kann er aber. In gewissem Grade.«

»Wieso? Du bist vom Sumpf der Langeweile befreit. Endlich keine Teepartys mehr! Du weißt gar nicht, was für ein *Glück* du hast.«

»Und was ist mit Mary?«

»Mary hat sich nichts sehnlicher gewünscht, als mit dir auf Reisen zu gehen, und jetzt kannst du nicht nein sagen. Wenn du es dir nicht so zu Herzen nähmst, würde sie wahrscheinlich vor sich hin trällern. Überleg es dir mal: was für ein Affront, Mrs. Hawkins abzubestellen! Verstehst du nicht, Jim? Die große Mrs. Hawkins hat einen Korb gekriegt!«

»Wir singen jetzt«, verkündete eine distanzierte Stimme, »Choral Nr. 197.«

Asthmatisch klagend setzte die Orgel ein, alle erhoben sich, Bücher fielen zu Boden, man schlurfte und hustete; alsdann durchschnitt die näselnde Stimme von Pastor Bates das scharrende Getöse, der Chor schwang sich zu phantastischen Wehlauten auf - der Gottesdienst hatte begonnen.

Während der ganzen Predigt ruhte Lowrys Blick auf Jebsons Hinterkopf. Er sah nicht besonders intensiv auf diese Stelle, sondern schaute auch ab und zu einmal weg, wenn Jebson ein unbehagliches Zucken befiel. Eigentlich nahm er den Mann kaum wahr, denn, halb eingeschläfert durch Bates' monotonen Rhythmus, hatte Lowry gewissermaßen abgehoben; rastlos suchte sein Geist nach einer Antwort.

Einer Antwort.

Er wußte, daß er eine Antwort brauchte.

Er wußte auch: wenn er zu einer Antwort gelangte, dann -

Vier Stunden wie weggewischt. Nun wurde ihm vage bewußt, daß er, wie Tommy angedeutet hatte, zum Wahnsinn verurteilt war, falls er diese vier Stunden nicht wiederfand. Aber instinktiv, ganz gleich wie nebelhaft, war ihm auch bewußt, daß er diese vier Stunden nicht zu finden wagte. Nein, das konnte er nicht wagen. Aber er mußte sie finden!

Er hatte sich automatisch wieder erhoben, glotzte hohl ins Gesangbuch und sang eher aus dem Gedächtnis als nach den Noten oder der Orgel. Plötzlich sang er gar nicht mehr. Er spürte nur noch eines.

Eine weiche Substanz hatte sein Bein berührt.

Er hatte Angst, nach unten zu sehen.

Er sah hin.

Da war aber nichts.

Mit trockener Kehle, ein Zittern unterdrückend, konzentrierte er sich aufs Gesangbuch und fand den Anschluß an den Choral. Tommy warf er einen verstohlenen Seitenblick zu, aber der schnulzte in seinem sanften Bariton dahin, als ob es auf der Welt nichts anderes gäbe als die Lobpreisung des Herrn.

Die Gemeinde nahm Platz und der Kollektenteller machte die Runde, während Bates seine allwöchentlichen Bekanntmachungen verlas. Lowry vermied es tunlichst, auf seine Füße zu schauen oder sie unter der Bank hochzuziehen. Er verspannte sich zusehends, bis es unerträglich wurde, noch länger da zu sitzen.

Etwas Weiches berührte sein Bein.

Und obwohl er genau auf diese Stelle geschaut hatte -

Da war einfach nichts!

Krampfhaft packte er Tommy beim Ärmel, murmelte: »Komm mit!«, erhob sich und stakste mitten durch die versammelte Gemeinde dem Ausgang entgegen. Er wußte, daß aller Augen auf ihn gerichtet waren, er unterdrückte den Impuls, aus Leibeskräften zu rennen, und er spürte, daß Tommy ihn verwundert anstarrte, aber pflichtgetreu nachkam.

Die Straße lag warm im Sonnenschein. Die wenigen frischen Blätter wisperten leise im sanften Wind. Ein zerlumptes Kind saß auf dem Bordstein und jonglierte mit einem Zehner, den es fürs Schuhputzen erhalten hatte. Jebsons Chauffeur döste über dem Lenkrad, und ein Stückchen weiter hielt ein schläfriger Stallbursche die Pferde der exzentrischen Mrs. Lippincott am Zügel, die stets in einem Kutschwagen vorgefahren kam. Die Pferde ließen träge ihren Schweif sausen, um die paar Fliegen zu verjagen, und stampften gelegentlich auf. Die Grabsteine des Friedhofs erhoben sich mild und freundlich über ihren stillen, mit frischem Gras bewachsenen Hügeln, und ein Engel breitete seine säuberlich gemeißelten Flügel über »Silas Jones, R. I. P.«. Von einem Rasen, der gerade ausgelegt wurde, stieg der Duft frischer Erde auf, und die Weiden am nahen Bach würzten die Frühlingsluft mit neuer Hoffnung.

Lowrys Gang mäßigte sich unter dem beruhigenden Einfluß des hellen Tages, denn hier im Freien, wo sein Blick in alle Richtungen ungehindert schweifen konnte, fühlte er sich bereits besser. Er beschloß, Tommy nichts zu sagen; Tommy stellte auch keine Fragen.

Aber als sie die blendend weiße Fahrbahn der Hauptstraße überquerten, sah Lowry aus dem Augenwinkel etwas dahinhuschen - zuckend und unstetig. Es war nichts Bestimmtes; nur so ein Eindruck, daß ein dunkles, rundes Etwas ihn schwebend begleitete. Wenn er ruckartig den Kopf drehte, um es ins Auge zu fassen, dann war dort nichts. Er schaute kurz hoch, weil er den Schatten eines Vogels vermutete, aber abgesehen von ein paar Spatzen, die auf der Straße nach Futter suchten, waren keine Vögel unterwegs. Er begann sich zu verspannen, wie vorhin in der Kirche.

Da - da konnte er es fast erhaschen, aber gleich verschwand es unter seinem prüfenden Blick. Sobald er jedoch nach vorn schaute, bemerkte er es wieder.

Nur ein winziges Klümpchen Dunkelheit.

Er versuchte ein drittes Mal, das Phantom durch eine ruckartige Kopfbewegung zu erwischen - vergebens.

»Tommy.«

»Ja?«

»Paß mal auf. Du wirst mich für verrückt halten. In der Kirche hat etwas mein Bein berührt, etwas Unsichtbares. Und jetzt schwebt etwas neben mir her. Ich kann es nicht deutlich sehen, und wenn ich hinschaue, ist es verschwunden. Was ist das?«

»Ich sehe nichts«, brummte Tommy, ernstlich bemüht, seinen Schreck zu verbergen. »Wahrscheinlich hast du bloß einen Sonnenfleck im Auge.«

»Ja«, sagte Lowry. »Natürlich! Ich habe sicher nur zuviel Sonne ins Auge gekriegt.«

Aber dieser winzige Schattenfleck, oder was immer es sein mochte, kam ihm weiterhin langsam nach. Er ging schneller - das Ding war nicht abzuhängen. Er verlangsamte seinen Schritt, um das Phantom vorrücken zu lassen - aber nein, es wollte nichts davon wissen.

Die Spannung wurde bald unerträglich.

»Mary erzählst du lieber nichts davon.«

»Ehrenwort«, versprach Tommy.

»Ich will ihr keinen Kummer machen. Gestern abend, das war schon mehr als genug. Du wirst sie doch nicht Wind davon bekommen lassen, oder?«

»Natürlich nicht«, murmelte Tommy.

»Am besten quartierst du dich für heute nacht bei uns ein.«

»Falls du meinst, daß du mich brauchen wirst.«

»Ach ... was weiß ich denn?« Lowry fühlte sich elend.

Sie gingen weiter, und Lowry versuchte dem Ding, das er beinahe sehen konnte, ständig auszuweichen, so daß er Tommy fast in die Gosse drängte. Er hatte tödliche Angst, daß es ihn wieder berührte, denn dann, davon war er überzeugt, würde er halb wahnsinnig.

»Tommy?«

»Ja.«

»Gehst du bitte rechts von mir?«

»Na klar.«

Jetzt konnte Lowry die Erscheinung gerade noch

aus dem linken Augenwinkel erahnen. In seiner Kehle würgte es wie Schmirgelstaub.

Als sie zum Gartenweg vor Lowrys Haus gelangten, blieben sie stehen. »Zu Mary kein Sterbenswörtchen«, bat Lowry.

»Natürlich nicht.«

»Du bleibst doch zum Essen und die Nacht über?«

»Ganz wie du möchtest«, bestätigte Tommy lächelnd.

Sie gingen die Treppe hinauf und traten in die Diele. Mary hatte sie gehört, kam aus dem Wohnzimmer hervor, umarmte ihren Mann stürmisch und küßte ihn. »Na, sieh mal einer an! Du warst in der Kirche, du alter Heide. Hallo, Tommy.«

Tommy ergriff ihre ausgestreckte Hand. »Mary - bezaubernd wie eh und je!«

»Wenn das mal bloß deine gegenwärtige Freundin nicht hört!« konterte Mary. »Du wirst doch hoffentlich mit uns essen?«

»Hoffentlich.«

»Schön. So, Jungs, hängt eure Sachen auf, tretet ein und erzählt mir, was Mrs. Hawkins für ein Gesicht gezogen hat, als ich ihr verboten habe, zum Tee zu kommen.«

»Sie sah schrecklich aus«, sagte Tommy. »Als ob sie in diesem Haus schon immer eine tote Ratte gerochen hätte.«

Sie plauderten weiter, während Lowry am kalten Kamin stand. Solange er sich in die dunkelste Ecke verdrückte, konnte er das unheimliche Ding wenigstens nicht sehen. Das heißt - zunächst nicht. Aber als er den Kopf wendete, schien es flüchtig mitten im Zimmer zu erscheinen. Ab und zu versuchte er, es zu überrumpeln, doch es machte jedesmal einen hastigen Rückzieher. Er probierte auch, den Kopf langsam zu wenden, aber wieder blieb es gerade außerhalb seines Blickfelds.

Er hatte das Gefühl, er müßte nur feststellen können, was es war, dann ginge es ihm erheblich besser - ganz egal, was es sein mochte. Aber solange er es nicht sehen konnte ... Bei dem Gedanken, noch einmal berührt zu werden, schauderte er vor Entsetzen.

Mary brach ihr Gespräch mit Tommy abrupt ab.

»Jim, um Himmels willen!« rief sie. »Du zitterst wieder!« Sie legte ihm die Hand auf den Arm und geleitete ihn zur Tür. »Geh sofort nach oben, schluck zehn Chininpillen und halte ein Nickerchen. Tommy wird mir helfen, das Essen aufzusetzen, und mir Gesellschaft leisten. Nicht wahr, Tommy?«

»Für einen Freund tue ich alles«, sagte Tommy.

Jim beschlich eine vage Unruhe bei dem Gedanken, die beiden allein zu lassen. Aber während seiner langen Abwesenheit war Tommy sicher viele Male genauso unschuldig wie heute zu Besuch gekommen. Was hatte er nur? Wie konnte er Tommy verdächtigen? Seinen besten und wirklich einzigen Freund! Er nahm die Treppe in Angriff.

Schritt für Schritt hüpfte das »Ding« mit ihm hoch. Er drückte sich gegen die Wand, um nur ja nicht mit ihm in Berührung zu kommen, aber der feste Gegendruck der Wand, die jeden Fluchtversuch ausschloß, verschlimmerte seine Nervosität.

Was für ein Ding war das überhaupt?

Warum verfolgte es ihn?

Was würde es ihm antun?

Wie konnte er es loswerden?

Der Schüttelfrost überkam ihn wieder.

In seinem Zimmer fand er das Chinin, ging damit ins Bad, um ein Glas Wasser zu holen - und wurde von dem »Ding« ständig begleitet. Ganz vage hob es sich von den weißen Fliesen ab. Da entschied er sich zu einer List. Er lenkte das Phantom zur Seite, indem er den Kopf langsam drehte, machte dann seitwärts einen Satz zur Tür hinaus und schmetterte die Tür hinter sich zu. Als er das Chinin hinuntergespült hatte, fühlte er sich schon besser. Flüchtig kam ihm der groteske Gedanke, er sollte Mary verbieten, diese Tür zu öffnen; viel besser war es natürlich, sie abzuschließen. In einem Schlafzimmer fand er einen Schlüssel. Er steckte ihn ins Schloß, drehte ihn herum - das Bad war verriegelt. Fast hätte er laut aufgelacht, aber dann besann er sich plötzlich. Es würde nichts nützen. Sicher gab es eine völlig logische Erklärung. Seine Augen hatten ihn getrogen - schlicht und einfach Malaria, was sonst? Eine Nebenwirkung, die den Ärzten bisher entgangen war.

Er ging in sein Schlafzimmer, zog die Jacke aus und streckte sich auf sein Bett. Die warme Luft, die durchs offene Fenster hereindrang, wirkte sehr beruhigend. Bald fiel er in einen ruhigen, erquickend traumlosen Schlaf.

Etwa drei Stunden später begann er sich zu regen. Die Sonne schien ihm ins Gesicht. Er fühlte sich etwas überhitzt. Unten hörte er Mary nach ihm rufen; das Essen sei fertig. Reichlich spät, fand er. Nach dem Stand der Sonne mußte es fast vier Uhr sein.

Er erhob sich, gähnte, streckte sich und fühlte sich gut erholt. Er empfand eine gewisse Zufriedenheit über eine Maßnahme, die er ergriffen hatte, aber halbwach, wie er war, konnte er sich nicht genau daran erinnern.

Der angenehme Klang eines sehr hohen, melodischen Gelächters erreichte ihn. Einen Augenblick lang dachte er, es sei Mary. Aber das war ja unmöglich - Mary lachte tief und rauh, auf eine Art, die ihm wohlig das Herz erwärmte. Dieses Lachen hingegen - es hatte etwas Unirdisches an sich. Hatte er das nicht schon einmal gehört?

Er sprang auf und öffnete die Tür zum Flur. Nein, von dort unten kam es nicht. Er trat ans Fenster und schaute hinaus - niemand auf dem Gartenpfad, alles leer. Woher kam das Gelächter? Wer oder was lachte hier?

Da sah er eine Bewegung, als ob ein dunkles Etwas die Wand hinuntergehuscht wäre, um ihm in den Rücken zu fallen. Er fuhr herum. Ein verschwommenes Flitzen, als ob wieder etwas hinter ihn gesaust wäre. Er wirbelte aufs neue herum.

Hoffnungslos! Das Ding, das er so sorgsam eingesperrt hatte, begleitete ihn noch immer - und lachte ihn aus.

Was für ein irrsinniges Lachen!

Er fühlte sich todmüde. Am besten ignorieren, was auch immer es sein mochte. Am besten gleichgültig herumspazieren, nichts sehen und nichts hören. Am besten so tun, als wäre es gar nicht vorhanden. Würden Mary und Tommy das auch hören?

Resigniert ging er ins Bad und wusch sich.

»Jim? Jim, du alter Hornochse, kommst du nun, oder kommst du nicht?«

»Ich komme, Mary.« Er durfte sich nichts anmerken lassen.

Als er ins Eßzimmer trat, war der Tisch bereits mit funkelndem Kristall, mit Silber und Porzellan gedeckt, und ein großer Kapaun lag dampfend auf der Servierplatte, flankiert von Kartoffelbrei und grünen Erbsen.

»Herr Lowry! Sie scheinen sich gut erholt zu haben!« rief Tommy.

»Letzte Nacht hat er kein Auge zugetan«, sagte Mary. »Komm her, mein Guter, stürz dich aufs Tranchiermesser.«

Er nahm seinen Platz am Kopfende der Tafel ein; Tommy saß zu seiner Rechten. Über den Tisch hinweg betrachtete er Mary und mußte lächeln. Wie schön sie doch war, seine liebe Frau, und wie bei ihm alles zu knistern begann, wenn sie ihn so ansah. Wie konnte er nur im geringsten daran zweifeln, ob sie ihn liebte! Keine Frau konnte einen Mann so ansehen, wenn sie ihn nicht innig liebte.

Er ergriff die Tranchiergeräte und beugte sich über den Kapaun. Aber plötzlich wackelte das Messer so unkontrollierbar, daß er es nicht halten konnte. Scheppernd fiel es gegen das Porzellan.

Und obendrein - ein schrilles, melodisches Auflachen unmittelbar hinter ihm!

»Tommy«, sagte er so artikuliert wie möglich, »Tommy-würdest du mir das ehrenvolle Amt bitte abnehmen? Ich bin wohl doch etwas zittrig.«

Mary zeigte sich sofort besorgt, aber Jim brachte es fertig, die Sache herunterzuspielen. Tommy rückte dem Kapaun zu Leibe, und Mary servierte das Gemüse-wobei sie Jim zweifelnde Seitenblicke zuwarf. Dann schien alles in Ordnung zu sein. Die Teller waren gefüllt, es konnte losgehen.

»Ein prächtiges Federvieh«, bemerkte Tommy.

»War auch teuer genug«, sagte Mary. »Die Lebensmittelpreise erreichen schwindelerregende Höhen.«

»So ist es«, dozierte Tommy gedehnt, »und die Löhne bleiben gleich. Das nennt man dann wirtschaftlichen Fortschritt - alles wird so sündhaft teuer, daß es sich keiner mehr leisten kann, damit es einen Überschuß gibt, den die Regierung aufkaufen und vernichten kann - mit dem Endeffekt, daß der Steuerzahler kein Geld in der Tasche hat, um anspruchsvollere Waren zu kaufen. Ach ja, wie wunderbar haben wir uns seit den Tagen der Höhlenmenschen weiterentwickelt.«

Mary lachte. Schrecklicherweise lachte auch das undefinierbare Ding, das hinter Jim schwebte. Sicher nur

Zufall; denn einen Augenblick später lachte es auch, als Tommy etwas Ernsteres gesagt hatte.

Jim hatte zwei- oder dreimal Messer und Gabel erhoben. Aber jetzt erschreckte ihn ein neues Phänomen. Der Teller bewegte sich immer, wenn er ihn berühren wollte. Nicht sehr, nur ein bißchen, in einer schemenhaften, tänzelnden Manier. Sobald der Teller in Ruhe gelassen wurde, stand er still; aber wenn Jim sein Besteck erhob, ging es wieder los. Sehr vorsichtig tat sich Jim noch ein wenig Soße auf; dann warf er kurz einen Blick unter die Tischdecke und den Untersatz. Alles schien in Ordnung zu sein. Er stellte den Teller zurück und ermannte sich zu einem weiteren Versuch. Die Tänzelei setzte wieder ein.

Ihm wurde übel.

»Könntet ihr ... könntet ihr mich bitte entschuldigen? Ich ... mir geht es nicht so gut.«

»Jim!«

»Ich sollte lieber den Arzt rufen«, sagte Tommy. »Du bist ja käseweiß.«

»Nein - nein - alles in Ordnung. Ich muß mich nur ein bißchen hinlegen.«

»Ich halte dir das Essen warm«, sagte Mary.

»Wirklich schade um das schöne Essen«, klagte Lowry mit traurigem Grinsen. »Macht euch keine Sorgen um mich. Haut rein!«

Höher und schriller als zuvor fiel das irre Gelächter ein, und der finstere Schatten flitzte neben ihm her, als er durch die Tür stürmte, zurück ins Bett. Halb besinnungslos schmiß er sich in die Kissen. Aufgepeitscht von einem anderen Impuls sprang er wieder hoch und warf den Riegel vor. Dann lag er da, konnte aber unmöglich Ruhe finden. Halb erstickend und fast am Rande des Erbrechens begann er, rastlos in einem engen Kreis durch sein Zimmer zu gehen.

KAPITEL

V

Unten verkündete eine Uhr in langen, gemächlichen Schlägen die elfte Stunde. Lowry, das Gesicht ins Kissen gedrückt, regte sich schwerfällig und stieg aus dem barmherzigen Vergessen seines Schlummers empor. Er erwachte mit dem tragischen Gefühl, daß ihm etwas Schreckliches bevorstand. Aber während er noch benommen dalag und die Grenzen seines Bewußtseins weitete, durchsuchte er seine Erinnerungen, inspizierte sie Stück für Stück und verwarf sie. Nein, das hatte alles nichts mit seiner jetzigen Verfassung zu tun, er hatte keine Ahnung, wieso -

Ein schrilles, klingendes Gelächter erreichte ihn.

Er fuhr hoch, zitternd wie Espenlaub, und sah gerade noch, wie das unbestimmte Ding unten um sein Bett huschte und verschwand. Könnte er doch nur einmal deutlich sehen, was es war!

Irgendwo raschelte Papier, aufgestört durch die laue nächtliche Brise, ganz so, als würden seine Briefe durchgesehen. Obwohl das Zimmer ihm leer erschien, kam nach einer Weile ein einzelnes Blatt, leise von der Luft getragen, auf den Teppich vor seine Füße geflattert. Er starrte es an, hatte Angst, es aufzuheben. Da stand etwas geschrieben. Endlich siegte seine Neugier über die Furcht, er entfaltete den Bogen und versuchte die alte, mysteriöse Handschrift zu entziffern, deren Buchstaben zum Teil verschwommen waren und ineinanderliefen. Nur eine Uhrzeit blieb lesbar, und selbst darüber war er nicht ganz sicher.

»... halb 12 bis ...«

Er starrte in die Schatten seines Zimmers, doch abgesehen von dem gespenstischen Begleiter, der unter sein Bett gehuscht war, fühlte er sich allein. War dieser Zettel vom Wind herbeigeweht worden?

Um halb zwölf? Sollte er sich irgendwo einfinden? Heute abend noch? Er schauderte bei dem Gedanken, sich wieder in die Nacht hinauszubegeben. Trotzdem -

hatte er nicht vielleicht einen unerwarteten Freund, der sich anbot, ihm bei der Suche nach seinen vier Stunden zu helfen? Heute abend würde er auf der Hut sein und keine Treppe hinabgehen, deren Festigkeit nicht gesichert war.

Er stand auf. Sofort wutschte das dunkle kleine Ding hinter ihn und machte sich wieder nur aus dem Augenwinkel bemerkbar. Eine neue Entschlossenheit stieg in ihm auf, ein rastloser Zorn, wie Männer ihn eingedenk ihrer eigenen Feigheit empfinden.

Denn es war ihm nun klar, daß er sich wie ein Feigling aufgeführt hatte. Er erlaubte diesen Phantomen widerstandslos, seinen Verstand auszusaugen; er ließ sich herumstoßen wie eine Vogelscheuche im Wirbelsturm, und die Dinger kicherten über ihn, bemitleideten ihn vielleicht sogar! Er ballte die Fäuste zu harten Hämmern; weiß Gott, ihm hatte es nie an Mut gefehlt, warum sollte er sich zusammenducken wie ein winselnder Köter und sich von den Ereignissen überrollen lassen? Seine Kiefermuskeln spannten sich an, sein Herz machte einen Satz, mit Leib und Seele brannte er darauf, sich in die Schlacht zu stürzen und die Kräfte, die ihn zu vernichten drohten, für immer zum Schweigen zu bringen.

Er nahm einen Mantel aus dem Schrank und zog ihn an. Aus einer Schublade holte er einen 38er Colt, den er in seiner Tasche verstaute. In der anderen Seite des Mantels brachte er eine Taschenlampe unter. Er hatte es satt, den feigen Hund zu spielen. Es war an der Zeit, seinen Geistern die Stirn zu bieten und ihnen den Garaus zu machen.

Eine halbe Stunde vor Mitternacht? Bestimmt gab es eine Art Führung zu diesem gespenstischen Stelldichein. Vielleicht wurde er draußen auf der Straße bereits von jemandem oder etwas erwartet.

Das hohe Gelächter klingelte wieder durch die Luft, und er fegte herum, versuchte dem dunklen Objekt einen Fußtritt zu verpassen; aber es wich natürlich aus. Und wenn schon - damit würde er auch noch fertig!

Leise glitt er aus seinem Zimmer. In Marys Gemach brannte kein Licht mehr, ihre Tür war zu. Es hatte keinen Sinn, sie zu stören. Tommy logierte wohl im Gästezimmer direkt vor der Treppe; die Tür stand nur angelehnt. Lowry deckte die Taschenlampe mit den Fingern ab, so daß nur ein schmaler Lichtstrahl auf Tommys Bett fiel, und betrachtete seinen schlafenden Freund. Ohne den verzerrenden Effekt des zynischen Grinsens konnte man ihn regelrecht schön finden, dachte Lowry. Und Tommy, ins Reich der Träume entrückt, wirkte tatsächlich so unschuldig wie ein Chorknabe. Lowry schlich die Treppe hinunter und ging zur Eingangstür hinaus. Nun stand er im Schatten des Verandadachs und sah auf den Gartenpfad hinab.

Es war eine schöne, warme Nacht; der schwache Luftzug wisperte heimelig über den Rasen. Der fast schon kreisrunde Mond schwebte an einem klaren Himmel, die kleineren Sterne souverän überstrahlend.

Lowry stieg bis auf die Mitte der Treppe hinab und forderte den Pfad heraus, sich gähnend aufzutun. Es geschah aber nicht. Mit dem Ansatz eines triumphierenden Lächelns erreichte er die Straße und sah sich um. Es war zwar noch nicht halb zwölf, aber er fühlte sich beinahe sicher, daß man einen Führer entsenden würde, wenn man ihn wirklich irgendwo erwartete.

Das kleine dunkle Ding umspielte seine Beine, und das Gelächter erscholl nun weich und kindlich. Lowry zwang sich, möglichst unbeteiligt zuzuhören.

Heute abend würde er nicht das Hasenpanier ergreifen. Er hatte nun genug Zeit gehabt, sich an die sonderbaren Phänomene zu gewöhnen. Man würde ihm bestimmt gleich einen Fingerzeig geben, und er war entschlossen, die Sache tapfer durchzustehen -

»Jim!«

In einem Fenster des Obergeschosses entdeckte er Tommys Silhouette.

»Jim! Wo willst du hin?«

Aber da bewegte sich vor ihm etwas unter einem Baum; etwas, das ihn heranwinkte.

»Jim! Warte doch wenigstens, bis ich dir deinen Hut gegeben habe!«

Ein kalter Schauer überlief ihn. Die Erscheinung winkte jetzt energischer; er eilte auf sie zu.

Zuerst sah er nicht, was er vor sich hatte, so dunkel fiel dort der Mondschatten. Aber bald erkannte er eine kleine, in eine Soutane gekleidete Figur mit einem beinahe leuchtenden Glatzkopf, die ihm gerade bis an die Taille reichte. Um den Hals hingen ihr ein Rosenkranz und ein Kreuz. Grobe Ledersandalen gaben die Zehen frei.

»Habt Ihr meine Nachricht erhalten?«

»Ja. Wohin gehen wir?« fragte Lowry.

»Das wißt Ihr doch ebensogut wie ich, nicht wahr?«

»Nein.«

»Tja, also ... Ihr kennt mich doch, oder?«

Lowry betrachtete den kleinen Kerl genauer. Das Mönchlein wirkte irgendwie unkörperlich - ein wenig substanzlos. Plötzlich merkte er, daß er durch die Gestalt hindurchsehen konnte; der Baumstumpf und der in Mondlicht getauchte Bordstein hinter ihr blieben schemenhaft erkennbar.

»Ich bin Sebastian. Ihr habt mich vor etwa sechs Jahren aus meinem Grab herausgeholt. Erinnert Ihr Euch nicht?«

»Die Kirchengräber von Chezetol!«

»Ah, es fällt Euch wieder ein. Aber macht Euch keine Sorgen - ich zürne Euch nicht. Ich bin sehr demütig, jeder Zorn ist mir fremd, und obgleich ich nun heimatlos umherschweifen muß, obgleich die Spaten Eurer Ausgräber den Staub meiner sterblichen Hülle zerteilten - ich kann Euch nicht zürnen. Ich bin die Demut in Person.« In der Tat, er wirkte beinahe kriecherisch. Seine verschlagenen Seitenblicke jedoch gaben Anlaß zu einigem Zweifel. »Dreihundert Jahre hatte ich dort gelegen; Ihr aber, der Ihr meintet, aus den aztekischen Symbolen auf den Steinen, die für den Bau genutzt worden waren, auf eine alte Aztekenruine schließen zu müssen - Ihr grubt mich aus. Wo ist mein Gürtel?«

»Was für ein Gürtel?«

»Na, mein schöner goldener Gürtel! Ihr hobt ihn auf, Ihr wandtet Euch an Euren Führer und spracht: ‹Na so was? Ein goldener Gürtel mit den Zeichen der katholischen Kirche! Ich dachte, das wäre eine Aztekenruine. Nun haben wir eine Woche lang gegraben, und was finden wir? Einen läppischen goldenen Gürtel.›«

»Er liegt im College-Museum.«

»Das tat mir ein bißchen weh«, sagte Sebastian traurig. »‹Einen läppischen goldenen Gürtel.› Er gefiel mir, denn ich hatte ihn selbst gefertigt, versteht Ihr, und wir fanden ihn wunderschön. Nachdem wir Razchytl zum Christentum bekehrt hatten, nahmen wir uns seines Goldes an und schmiedeten daraus unsere heiligen Geräte; als er im Bergwerk umkam, begruben wir ihn sogar mit einem goldenen Kreuz. Darf ich um meinen Gürtel bitten?«

»Den kann ich Ihnen jetzt nicht herbeischaffen.«

»Das müßt Ihr aber! Sonst gehe ich nicht mit, um Euch zu zeigen, was Ihr sucht.«

»Was wollen Sie mir zeigen?«

»Den Ort, an dem Ihr die vier Stunden verbracht habt.«

Lowry dachte kurz nach und nickte dann. »In Ordnung. Wir holen Ihnen den Gürtel. Kommen Sie mit!«

Lowry schritt rasch die Straße entlang. Der kleine dunkle Schatten begleitete ihn zur Linken, um eine Winzigkeit außerhalb seines Blickfelds, und Sebastian ging einen Schritt hinter ihm zur Rechten. Sebastians einfache Sandalen glitten lautlos übers Pflaster.

Bis zum Museumsgebäude hatten sie nicht weit zu gehen. Schon war Lowry beschäftigt, nach seinem Schlüssel zu suchen. Die Tür öffnete sich - ein schwarzes Loch. Aber Lowry kannte dieses Haus wie seine Westentasche und brauchte seine Lampe nicht einzuschalten, bis er an die Vitrine mit dem goldenen Gürtel herangetreten war. Er fummelte nach weiteren Schlüsseln, schaltete dann die Taschenlampe ein und begann einen der Schlüssel zu probieren. Er hielt inne. Er ließ den Lichtkegel über die ausgestellten Objekte spielen. Der Gürtel fehlte!

Nervös wandte er sich zu Sebastian um. »Der Gürtel ist nicht mehr da. Man wird ihn an ein anderes Museum verkauft haben, während ich auf Reisen war.«

Sebastian ließ den Kopf hängen. »Dann gibt es keine Hoffnung mehr. Ich werde ihn niemals wiedersehen - aber ich zürne nicht. Ich bin sehr demütig. Ich zürne nie. Lebet wohl, Señor Lowry.«

»Warten Sie! Ich werde versuchen, Ihnen den Gürtel zu beschaffen! Ich kaufe ihn zurück und lege ihn an einen Ort, wo Sie ihn finden können!«

Sebastian blieb an der Tür stehen und wich dann zur Seite. Ein Lichtstrahl schoß durch den Gang zwischen den Vitrinen. Terence, der Museumswächter!

»Wer da?« rief Terence - so herrisch, wie es ihm in dieser Lage möglich war.

»Ich bin's«, sagte Lowry und stellte sich blinzelnd in den Schein der starken Lampe.

»Oh! Professor Lowry! Ach so - na, da haben Sie mir einen schönen Schreck eingejagt! Hören Sie, um diese Zeit haben Sie bei unsern Kabinettstücken nichts zu suchen.«

»Ich mußte dringend etwas nachsehen«, erklärte Lowry. »Es geht um eine bestimmte Inschrift, die ich morgen in meiner Vorlesung zitieren wollte.«

»Haben Sie sie gefunden?«

»Nein. Das Stück ist nicht mehr hier. Dann ist es wohl verkauft worden.«

»Jebson würde seine eigene Mutter verkaufen, Professor Lowry, und ich meine das, wie ich's sage. Er hat mir den Lohn gekürzt, so wahr ich hier stehe. Es tat mir übrigens schrecklich leid, als ich hörte, was er mit Ihnen angestellt hat. Ihren Artikel fand ich ziemlich gut.«

»Danke«, sagte Lowry und rückte näher zur Tür, in panischer Angst, daß nur ja Sebastian nicht verjagt würde.

»Natürlich haben Sie's ein bißchen dick aufgetragen, Professor Lowry. Drüben in Europa wüßte ich einige Leute, die Ihnen eine Reihe unerklärliche Erlebnisse erzählen könnten. Wenn Sie die Dämonen geradezu herausfordern, Sie zu vernichten - das kann üble Folgen haben.«

»Ja. Ja, da haben Sie sicher recht. Ich muß mich auf den Weg machen, Terence, aber wenn Sie mich eines

Nachmittags nach dem Frühstück mal im Büro besuchen wollen, würde ich über diese mysteriösen Geschichten gern mehr erfahren.«

»Danke, Professor Lowry. Herzlichen Dank. Das tue ich gern.«

»Dann gute Nacht, Terence.«

»Gute Nacht, Professor Lowry.«

Lowry begab sich eilig in die tiefsten Schattenfelder der Straße, und als er sicher war, daß Terence ihn nicht mehr sehen konnte, begann er sich nach Sebastian umzusehen. Er entdeckte aber leider nur das gelegentliche Wegzucken des dunklen Objekts, das sich nicht abhängen ließ.

Als er fast zwanzig Minuten lang herumgesucht hatte, wurde er leise angerufen. Sebastian! Er hatte hinter einem Busch gewartet.

»Oh«, seufzte Lowry erleichtert auf. »Ich hatte wirklich gehofft, daß Sie noch nicht verschwunden sind. Ich wollte Ihnen sagen, wenn Sie etwas warten können, dann kaufe ich den goldenen Gürtel zurück.«

»Ich zürne nicht«, sagte Sebastian.

»Aber Sie wollen doch Ihren Gürtel wiederhaben, nicht wahr?«

»Es wäre mir sehr angenehm. Es war ein so schöner Gürtel! Mit diesen meinen Händen habe ich ihn gefertigt, unter vielen demütigen Gebeten; und stammt auch das Metall von den Heiden, so war das Werk doch ein Werk der Liebe.«

»Sie werden Ihren Gürtel bekommen. Aber heute abend müssen Sie mich an den Ort führen, wo ich die vier Stunden finden kann.«

»Ihr seid also entschlossen, sie zu finden?«

»So ist es.«

»Jim Lowry, ich frage mich nur, ob Ihr wißt, was es Euch kosten wird, diese Zeitspanne wiederzufinden.«

»Was kümmert mich der Preis! Hier gibt es kein Zurück.«

»Ihr seid heute abend sehr mutig.«

»Mutig? Nein. Ich weiß nur, was ich tun muß, weiter gar nichts.«

»Jim Lowry, gestern nacht hattet Ihr verschiedene Begegnungen.«

»Richtig.«

»All diese Geschöpfe standen auf Eurer Seite. Das waren die Kräfte des Guten. An sie habt Ihr Eure vier Stunden nicht verloren, Jim Lowry. Auch nicht an mich.«

»Ich muß sie wiederfinden.«

»Die Kräfte der Gegenseite könnt Ihr Euch gar nicht vorstellen. So viel Schmerz, Schrecken und Bosheit wären Euch unerträglich. Wenn Ihr diese vier Stunden finden wollt, müßt Ihr gewappnet sein, jenen anderen Kräften die Stirn zu bieten.«

»Ich muß sie einfach finden.«

»Dann, Jim Lowry, vertraut auf mich, und ich werde Euch einen Teil des Weges zeigen. Den Rest der Strecke müßt Ihr allein gehen.«

»Führen Sie mich, ich folge Ihnen.«

Sebastians zierliches Händchen schlug ein Kreuzzeichen in die Luft und wies sodann einen aufwärts führenden Pfad. Lowry wurde gewahr, daß er sich auf einem sanftblauen Weg befand, der sich weit in die Höhe wand, als reiche er schier bis zum Mond.

Sebastian ergriff seinen Rosenkranz und setzte sich in Bewegung. Lowry blickte rings umher, konnte aber das kleine dunkle Objekt beim besten Willen nicht mehr entdecken; auch das Gelächter hatte ausgesetzt - wenngleich der lästige Begleiter vielleicht nicht der Urheber war.

Lange Zeit wanderten sie ruhig dahin, vorbei an weiten Feldern und kleinen Grüppchen schlafender Häuser. Einmal kam eine Kreatur mit gesenktem Haupt und verborgenem Antlitz an ihnen vorbei, aber Lowry begriff nicht, was es sein konnte.

Der Weg wurde brüchig, als hätte er einst aus Stufen bestanden, die zerbröckelt waren. Immer häufiger erschienen Grasbüschel in den Spalten; offenbar wurde der Weg selten benutzt. Vor ihnen zeichnete sich nach und nach der dunstige Umriß einer Berglandschaft ab, und unvermittelt hatte Lowry den Eindruck, sie seien den Bergen wunderlich schnell nahegekommen. Die kleine Straße begann sich an Berghängen zu krümmen und niederzutauchen, schwenkte wild aus und nahm plötzlich einwärts eine fast senkrechte Schräglage an, als hätten hier ständig Erdbeben und Lawinen eingewirkt. Selbst jetzt, als sie diesen Weg beschritten, erbebte ab und zu der Boden, und einmal stürzte hinter ihnen mit einem Seufzer, der in ein Brüllen überging, ein ganzer Abschnitt in die Tiefe; nur ein gähnendes Loch blieb zurück. Lowry fing an, sich Sorgen zu machen, ob er je wieder heimkehren könnte.

»Jetzt wird es schwieriger«, sagte Sebastian. »Habt Ihr schon Berge bestiegen?«

»Nicht gerade oft.«

»Na, wenigstens seht Ihr recht kräftig aus.«

Sebastian scherte im rechten Winkel von der Straße aus, die sich ins Nichts verlor, und spazierte mühelos eine Steilwand hinauf. Lowry kletterte daran empor und stellte verwundert fest, daß diese Wand, die eben noch bedenklich hoch erschien, nur wenige Meter maß und sich leicht überwinden ließ. Oben angekommen, wanderten sie kurz am Rand entlang, und wieder schwand der Weg rasch dahin, bis kaum eine weiße Schnur davon übrigblieb. Der Wind blies hier oben etwas kräftiger, doch die Nachtluft war noch immer warm, und der Mond behielt ein freundliches Angesicht. Es schien einen guten Grund zu geben, sich so unauffällig wie möglich voranzubewegen, denn Sebastian hielt sich nun dicht an eine weitere, wirklich hohe Steilwand.

»Es kommt noch etwas schlimmer«, warnte Sebastian. »Seid sehr vorsichtig!«

Das schmale Felsgesims endete abrupt an einer rechtwinkligen Bergkante; den suchenden Fingern und Zehenspitzen bot sich auf der anderen Seite nur rauhes Gestein.

Lowry sah hinab und fühlte Übelkeit aufsteigen. Er litt nicht besonders an Höhenangst, aber diese Steilwand fiel eine halbe Ewigkeit ab und blieb auf ganzer Strecke sichtbar, so daß er sich lebhaft ausmalen konnte, durch den gewaltigen Raum zu stürzen. Weit, weit unten wand sich gleich einem Silberdraht ein Wildbach durch eine enge Felsschlucht, und stellenweise reckten sich aus der senkrechten Wand wie rettende Hände ein paar klitzeklein erscheinende Bäume hervor. Sebastian war um die Ecke verschwunden. Lowry griff, kratzte, suchte, fand aber keinen Halt.

Indem er sich weit hinausbeugte, entdeckte er ein weiteres Gesims. Vielleicht konnte er sich halb fallen lassen und gleichzeitig zugreifen, um sich daran anzuklammern. Er lehnte sich vor, gab sein Gleichgewicht auf und fuhr wild mit den Armen durch die Luft. Er hatte gerade noch einmal Glück. Jetzt hing er an dem schmalen Sims, während die grausige Tiefe an seinen frei schwingenden Beinen sog.

»Arbeitet Euch weiter vor«, sagte Sebastian.

Lowry kämpfte um jeden Zentimeter. Das Gesims bot einen schlechten Halt, denn es war so rauh, daß ihm die Hände weh taten, und bildete außerdem einen etwas stumpfen Winkel. Er versuchte Sebastian zu sehen, aber sein eigener Arm hing im Blickfeld. Seine Kräfte ließen nach, und plötzlich wurde ihm vor Angst ganz schlecht; er fühlte sich angestarrt, als lauere eine böswillige Kreatur auf die Gelegenheit, seine Finger loszustemmen. Er blickte zum Sims hinauf.

Dort schwebte ein großer, schwarzer Klecks, aus dem zwei leuchtende, garstige Riesenaugen auf ihn herabstierten!

Lowry blickte nach unten und fand nur gähnende Leere.

Mit einem sanften, schnurrenden Geräusch richtete die dunkle Erscheinung sich höher und drohender auf.

Lowry fühlte mit eisigem Schrecken, daß seine Finger einer nach dem andern vom Sims gehoben wurden.

»Sebastian!«

Der Mönch antwortete nicht.

»Sebastian!«

Das raubtierhafte Schnurren über seinem Haupt nahm einen kräftigeren, wollüstigeren Tonfall an.

Eine Hand war schon beinahe abgelöst - und dann verlor sie jeden Halt! Lowry baumelte hilflos im freien Raum, als das Ding sich langsam und wonnig seiner linken Hand zuwandte. Er erinnerte sich an seinen Revolver, riß ihn aus der Tasche und zielte nach oben.

Der Ausdruck der Augen blieb unverändert. Aber das Schnurren wurde leiser. Plötzlich wußte Lowry, daß er aus einem unartikulierbaren Grund nicht schießen durfte. Der Schuß würde ihm eine ganze Meute auf den Hals hetzen, und ob die Kugeln eine Wirkung hätten, war höchst fraglich. Jetzt rutschte auch seine linke Hand ab! Das Gesims schoß in die Höhe. Pfeifend fuhr die Luft an seinem Gesicht vorbei und benahm ihm den Atem. Gierig verschlang ihn die Finsternis.

Alptraumhaft wirbelten und verwischten sich Mond und Sterne um ihn her, die Felswand donnerte mit unglaublicher Geschwindigkeit ins Grenzenlose hinauf, und noch immer schien der schimmernde Faden des Wildbachs kaum nähergekommen zu sein.

Wie er gelandet war - das wußte er nicht. Er lag auf einer fast metallisch glatten Oberfläche. Benommen rappelte er sich hoch, kniete sich hin und starrte über den Rand dieses zweiten Vorsprungs. Er stellte fest, daß der Bach noch immer tief unten lag; offenbar hatten einige von der Felswand abstehende Bäume seinen Sturz gebremst.

Wo war Sebastian?

Er schaute hoch - das Monster, das seine Finger losgestemmt hatte, war verschwunden. Er blickte nach rechts und links, konnte aber keine Abstiegsmöglichkeit entdecken. Dicht an die Wand gedrückt arbeitete er sich vor. Hier gab es kleine Höhlen, deren dunkle Mäuler Dinge in sich bargen, die er nur erahnen konnte. Er wußte, daß er da nicht hineinschlüpfen durfte. Aber wie um alles in der Welt sollte er dann je hinunterkommen?

Eine der Öffnungen war größer als die andern, und wenngleich seine Entschlußkraft sehr gelitten hatte, war ihm klar, daß er hier sein Heil versuchen mußte. Er kroch auf allen vieren über die Unterlippe des steinernen Rachens - und stieß mit den Händen auf ein pelziges Etwas, das ihn zurückspringen ließ. Aber von hinten wurde er leicht angestubst und behutsam, aber nachdrücklich wieder in die Knie gezwungen. Der Boden dieser Höhle trug einen trockenen Pelzbelag, der auf der Haut kitzelte.

Eine tiefe, teilnahmslose Stimme forderte: »Geh bitte voran.«

Er wagte es nicht, sich nach dem Sprecher umzuschauen, wer oder was es auch sein mochte. Er stand auf und ging voran. Ab und zu stolperte er über die Absätze großer flacher Platten oder Stufen. Seine Taschenlampe hatte er offenbar verloren, aber er hätte sich kaum getraut, sie zu benutzen. Er witterte an diesem Ort eine undefinierbare, schreckliche Präsenz, ein lauerndes Etwas, das hinter der nächsten oder übernächsten Wegbiegung geduldig auf ihn warten mochte ...

Er prallte frontal und schmerzhaft gegen eine rauhe Wand. »Geh bitte weiter«, sagte die gelangweilte Stimme hinter ihm.

»Wo ... wo ist Sebastian?« erkundigte er sich ängstlich.

»Bei *denen* bist du jetzt nicht mehr. Du bist bei uns.

Nun mach uns bloß keine Schwierigkeiten, denn am Ende eines dieser Tunnel erwartet dich eine Überraschung. Hier geht's nach rechts, du armer Trottel. Erinnerst du dich nicht?«

»Aber ... hier bin ich doch nie gewesen?«

»O doch, ganz bestimmt. In der Tat, du kommst nicht zum erstenmal. Er war doch schon einmal hier, nicht wahr?«

»Na sicher«, bestätigte eine andere Stimme, ganz aus der Nähe.

»Viele, viele Male.«

»Ach, so oft nun auch wieder nicht«, korrigierte die andere Stimme. »Ungefähr dreimal, öfter nicht. Jedenfalls nicht gerade an dieser Stelle.«

»Nun geh schon weiter«, gähnte die erste Stimme.

Nur unter Aufbietung seiner letzten Kräfte konnte er die Beine bewegen. Irgendwo auf diesem Weg erwartete ihn ein unaussprechliches Grauen. Er konnte es nicht wagen, näherzutreten - der bloße Anblick würde ihn in den Wahnsinn treiben!

»Du stehst jetzt in unserer Macht, also geh schön weiter.«

»Was habt ihr mit mir vor?«

»Das wirst du schon sehen.«

Es ging bergab. Mit jedem Schritt schienen unheimliche Kriechtiere unter seinen Füßen zum Leben zu erwachen; sie glitschten davon, brachten ihn beinahe zu Fall, umkringelten teils seine Waden, versetzten ihm auch manchmal empfindliche Schläge.

Lange ging es so in die Tiefe. Da unten war alles schwarz. Hier durfte er um keinen Preis weitergehen! Er mußte umkehren, bevor es zu spät war!

»Geh weiter«, sagten die gelangweilten Stimmen. »Du gehörst jetzt uns.«

Da vorn blieb es totenstill. Da vorn ... Lowry sank auf der schrägen Bahn zu Boden, zu krank und zu schwach, um weiterzugehen, zu sehr verängstigt, um einen einzigen weiteren Schritt in diesen scheußlichen Rachen zu tun. Um ihn drehte sich alles, ein fürchterliches Geheul deckte ihn ein.

Dann aber hörte er Sebastians dünnes Stimmchen, das lange, monotone lateinische Sätze deklamierte.

Sebastian!

Lowry raffte sich auf und stolperte diesem halbwegs vertrauten Klang entgegen. Er mochte an einer Weggabel eine andere Route in die Tiefe eingeschlagen haben. Er wußte überhaupt nichts mehr. Nur Sebastians Stimme war gewiß.

Er trat um eine Ecke und blinzelte in das gedämpfte Licht, das hoch oben durch ein Buntglasfenster fiel. Staub und Schatten füllten den Saal, aber nach und nach traten verschiedene Details hervor. Da standen sieben Stierskulpturen, aufgereiht auf einem hohen Sims; und jeder dieser Stiere, die mit gleichgültigen, steinernen Augen auf die Szene im Abgrund herabblickten, stützte einen seiner Hufe auf eine Kugel.

Es kostete Lowry große Mühe, auf dem schlüpfrigen Boden nicht auszugleiten; krampfhaft umfaßte er einen schmutzigen Vorhang zu seiner Rechten.

Der Saal war voller Leute, zur Hälfte Männer, zur

Hälfte Frauen; Sebastian stand vor einem winzigen Altar, ein wenig oberhalb der Kopfhöhe seiner Gemeinde. Sebastians zierliche Hände vollführten langsame, beschwörende Gesten über den Köpfen, während er seine Augen zu den Lichtstrahlen erhob, die durch das hohe Oberlicht herabfielen. Vor ihm lag ein riesiges Buch aufgeschlagen, die Seiten beschwert durch ein Kreuz und einen geweihten Ring. Und um ihn herum, im weiten Kreise, zogen die Frauen.

Es waren allesamt schöne Frauen, ganz in Weiß gekleidet - abgesehen von dem roten Farbfleck, der rhythmisch an den Kapuzen aufblitzte. Ihre Gesichter wirkten heilig und unschuldig, ihre Bewegungen langsam und graziös.

Rund um diesen erhaben schreitenden Ring der Frauen stand ein anderer Kreis, ein Kreis von Männern. Auch sie waren weiß gekleidet, aber die Gesichter wirkten unrein, verzerrt von einem bösen Grinsen. Etwas Dunkles befleckte ihre weißen Kapuzen, ein Makel, den sie nicht zu verhehlen suchten.

Sebastian betete weiter und schwenkte seine Hände segnend über den Köpfen der Versammlung. Der Kreis der Frauen zog langsam und still um ihn herum, schaute aber nicht zu ihm auf, außer an der Vorderseite des

Altars. Der Männerring beachtete Sebastian überhaupt nicht.

Und dann mußte Lowry einen Aufschrei in der Kehle ersticken, denn er sah, was sie trieben. Sobald der weibliche Reigen hinter den Altar gelangte, ließen die Männer plötzlich ihre klauenbewehrten Hände hervorschießen, und die Frauen warfen ihnen über die Schulter laszive Blicke zu; dann aber, wenn sie erneut vor dem Altar vorbeizogen, setzten sie die unschuldigen Engelsgesichter wieder auf. Die Männer stießen sich mit einem schmierigen, unterdrückten Kichern die Ellbogen in die Seiten, und beim nächstenmal griffen sie wieder zu.

Sebastian betete weiter, die gütigen Augen zum hohen Lichtquadrat erhoben.

Lowry versuchte zu entfliehen, aber der Boden war so glitschig, daß er kaum stehen und unmöglich davonlaufen konnte. Plötzlich sah er, warum der Boden so schlüpfrig war. Er war zwei Fingerbreit tief mit Blut bedeckt!

Lowry schrie.

Alle wirbelten herum und starrten ihn an. Sebastian hörte auf zu beten und schenkte ihm ein freundliches Lächeln. All die anderen murmelten untereinander, zeigten mit den Fingern und blickten finster drein. Ein wütender Unterton schwoll an.

Die sieben Stiere auf dem Gesims erwachten brüllend zum Leben. Sie hoben die Hufe, und die Kugeln lösten sich; Lowry sah, daß es Menschenschädel waren. Wieder bewegten sie die Hufe, und die Schädel rollten vom Gesims, stürzten mit bleierner Schwere herunter und krachten in die wütende Meute. Einige Frauen und Männer wurden niedergestreckt, nicht aber Sebastian.

Lowry konnte nicht fortlaufen, konnte nicht atmen - die Menge raste vor Wut und stürzte auf ihn los, offenbar in dem Glauben, er sei der Urheber des makabren Bombardements.

Als die Angreifer ihn fast schon berührten, konnte er endlich den Tunnel nach oben erreichen. Er rannte, so schnell er konnte, hinauf. Eine schlangenhafte Gestalt schoß hervor und versperrte ihm den Weg.

»Wo willst du hin?«

Mit der Kraft irrsinniger Verzweiflung stieß Lowry sie beiseite und stürmte weiter.

Ein Schlag von hinten streckte ihn zu Boden, und eine Stimme rief: »Wo willst du hin? Du mußt hierbleiben und die Sache durchziehen!« Aber Lowry kam auf die Füße und jagte davon. Die brüllende Meute fiel hinter ihm zurück, aber er wußte, daß er jetzt von anderen Kreaturen umgeben war, die über ihm und hinter ihm dahinschossen, sich herabstürzen und seine Flucht verhindern wollten.

Er krachte gegen eine Wand; als er sich erhob und nach einem Ausweg suchte, schien es keinen zu geben. Das Brüllen der Meute näherte sich wieder. Er riß sich die Hände auf, als er kratzend und schürfend den Ausgang suchte. Dann blitzten Messer auf, und über dem kalten Biß einer Klinge in seinem Handgelenk sprudelte sofort sein eigenes, warmes Blut. Er kippte vornüber und fiel aus einiger Höhe herab. Er spürte Gras zwischen den Fingern, erhaschte über sich ein wenig Mondlicht, sprang hoch und rannte - rannte, was er konnte, über eine Sandfläche, die sein Tempo bremste und ihn zum Stolpern brachte. Immer noch hörte er schwirrende Geräusche über und hinter sich. Die rasende Meute blieb zwar hinter ihm zurück, aber wie sollte er diese fliegenden Ungeheuer abhängen?

»Sebastian!«

Kein Sebastian.

»Sebastian!«

Nur das Surren und Flattern der Verfolger in der Luft und die verschwommenen Eindrücke der absurden Jäger hinter ihm. Der Mond strahlte weiß über einer weiten Fläche, die an einen ausgetrockneten Salzsee erinnerte. - Er war jetzt draußen, im Freien, ohne Unterschlupf, ohne Zuflucht. Er war draußen im Freien, verfolgt von Kreaturen, die er nicht sehen konnte, Kreaturen, die ihn zurückholen wollten!

In der Ferne ragte ein schattenhafter Umriß vor ihm auf. Er zwang sich, den wilden Lauf zu bremsen und abzudrehen. Der Hut schien irgendwie bekannt, der Hut und auch der dunkle Umhang, das baumelnde Ding, das der Kerl in der Hand trug -

Jack Ketch!

Eine Schlucht tat sich vor ihm auf. Hastig kletterte er hinab. Unten drückte er sich in den Hohlweg und kroch mit geschundenen Gliedern voran, tief in ein schattiges Gehölz, das sich anbot. Jetzt rief etwas nach ihm, aber die Worte konnte er nicht richtig hören. Was auch immer nach ihm rief - es durfte ihn um keinen Preis hier finden! Er sah sich von weißen Bergen umgeben, die hoch vor ihm aufragten; dort würde er sich verstecken können. In dieser Richtung drang er weiter vor.

Die Bäume standen hier dichter, das Gras war weich und schien ihn schützen zu wollen.

Da stürmte krachend etwas durchs Unterholz, etwas, das ihn finden wollte. Er lag mucksmäuschenstill, fest an den Boden geschmiegt. Das bedrohliche Etwas kam näher - näher und näher - und murrte vor sich hin.

Dann entfernte sich die Stimme, leiser und ferner knackten die Zweige, und Lowry entspannte im taufeuchten Gras seine Glieder, streckte sich und konnte endlich Luft holen. Das Mondlicht malte zarte Schattenmuster auf die Lichtung, der Nachtwind umspielte ihn warm und zärtlich. Sein Atem beruhigte sich. Das Herz schlug ihm nicht mehr bis in die Kehle herauf.

Nun durchzog ihn fast ein Gefühl des Triumphs. Er hatte seine verlorenen vier Stunden nicht gefunden! Er hatte sie nicht gefunden! Er stützte sich ein wenig auf und legte den Kopf in die Hände, während er blind auf das weiße Ding starrte, das vor ihm aufragte.

Er hatte seine vier Stunden nicht gefunden!

Dann aber stellten sich seine Augen auf dieses Ding

ein, vor dem er ausgestreckt lag. Er spürte, daß er halb über einen flachen Hügel hingebreitet war, und es duftete hier nach frisch erblühten, im Lauf des Frühlings bereits verspäteten Blumen.

Dieser weiße Stein trug eine Inschrift.

Was für eine Inschrift?

Er rückte ein bißchen näher und las:

JAMES LOWRY
1901-1940
Er ruhe in Frieden

Er fuhr zurück.

Bebend kniete er sich hin und erhob sich dann ganz. Die Nacht verwandelte sich in einen einzigen großen Wirbel, das hohe, schrille Gelächter erscholl wieder, und das kleine schwarze Schattending flitzte eifrig umher, um seinen Blicken zu entgehen.

Mit einem durchdringenden Schrei wirbelte er herum und raste wie irrsinnig davon.

Einen Augenblick lang hatte er Frieden gefunden, Ruhe und Frieden - vor seinem eigenen künftigen Grabstein!

KAPITEL
VI

Als er am folgenden Morgen erwachte, versicherte ihm der Stand des Sonnenlichts an der Wand, daß er noch mindestens eine halbe Stunde weiterdösen durfte. Gewöhnlich konnte er in diesem Fall noch ein Weilchen liegen, sich wohlig strecken und die Decke ein wenig höher ziehen, um die träge Wärme seines Betts genüßlich auszukosten. Aber heute morgen war das anders.

In einem Baum vor seinem Fenster saß eine Wanderdrossel, die ihr Köpfchen mal zur einen, mal zur andern Seite neigte, um aus dieser ehrgeizigen Höhe Würmer zu erspähen; ab und zu vergaß der Vogel jedoch die ersehnte Mahlzeit und zwitscherte ein paar Noten freudigen Überschwangs, die aus einem anderen Teil des Gartens munter beantwortet wurden. Irgendwo lief, schon so früh am Morgen, ein Rasenmäher, dessen sonderbar fröhliches Surren ein gleichgültiger, unmelodischer Pfeifton untermalte. In einem anderen Winkel wurde eine Hintertür zugeschmettert, und ein junger Hund jaulte kurz auf, sah dann vermutlich einen Artgenossen und stimmte ein wüstes Warngebell an. Lowry konnte auch Mary singen hören; unten im Erdgeschoß trällerte sie unbekümmert vor sich hin, obwohl sie immer nur den halben Refrain eines Songs zustande brachte, an den er sich nicht recht erinnern konnte. Im Obergeschoß, direkt vor seiner Tür, hörte er eine Diele knarren; dieses Geräusch aber klang irgendwie bedrohlich.

Der Türknauf drehte sich lautlos herum. Ein winziger Spalt tat sich auf. Wieder knirschte eine Diele, und ein Scharnier protestierte in gedämpftem Ton. Lowry schloß halb die Augen, stellte sich schlafend und sah, daß die Tür behutsam weiter aufgedrückt wurde. Er erstarrte.

Tommys Gesicht, hell unter dem wirren dunklen Haarschopf, erschien jenseits des Türspalts, und an Tommys Hand auf dem Knauf glitzerte der Examensring. Lowry rührte sich nicht.

Tommy hatte sich offenbar überzeugt, daß Lowry noch schlief, denn nun trat er auf leisen Sohlen über die Schwelle und schlich ans Fußende des Betts. Eine kleine Weile stand er so da, mit unbeweglichen Zügen, offenbar jederzeit bereit, zu lächeln und »Guten Morgen!« zu sagen, falls Lowry erwachte - und falls er weiterschlief, dann -

Lowrys Augenlider hätten sicher jeden Beobachter täuschen können, aber es blieb noch immer ein winziger Streifen frei, um Tommy recht klar zu erkennen. Lowry fragte sich besorgt, warum er seinem Freund etwas vorspiegelte. Was fand er an Tommy plötzlich so befremdend, daß er diese absurde Vorsichtsmaßregel ergriff?

Die Wanderdrossel hatte anscheinend einen Wurm entdeckt, denn mit einem kurzen Ruf schoß sie zum Rasen nieder. Eine Hausfrau rief ihrem Söhnchen etwas hinterher, um die hastig heruntergeschriebene Einkaufsliste zu ergänzen.

Tommy blieb, wo er war, und studierte Lowry, bis er sicher zu sein schien, daß dieser noch schlief. Dann, mit einem Seitenblick auf die Tür, als wolle er sich vergewissern, daß Mary ihm nicht nachgekommen war, trat er schweigend an die Seite des Betts.

Lowrys erster Impuls war, hochzugreifen und Tommys weißes Hemd zu packen, aber eine latente Vorsicht verbündete sich mit seiner Neugier und ließ den Dingen ihren Lauf. Tommys Hand strich aus kurzem Abstand elegant über Lowrys Augen - einmal, dann ein zweites Mal. Lowry fühlte sich von einer Art Taubheit befallen.

Jetzt hätte er sich rühren müssen. Er sollte demonstrativ erwachen und Tommy begrüßen - aber er konnte nicht! Er fühlte sich wie eingefroren. Und Tommy beugte sich über ihn, bis ihre Gesichter keine Handbreit voneinander entfernt waren. Einen Moment lang meinte Lowry, in Tommys Mund Fangzähne zu sehen, aber bevor sich der Eindruck verfestigen konnte, hatten die Zähne sich wieder verkürzt.

Tommy blieb über eine Minute lang in dieser Position. Dann erst richtete er sich auf, mit einem kalten Lächeln, das seinem Gesicht alle Schönheit raubte. Wieder fuhr er langsam mit der Hand über Lowrys Stirn, nickte still, wandte sich um und schlich in den Flur hinaus. Langsam klickte die Tür hinter ihm ins Schloß.

Es dauerte einige Zeit, bis Lowry sich bewegen konnte, und als er es schaffte, fühlte er sich schwach. Er saß auf der Bettkante, wacklig und benommen wie etwa ein Mann, der gerade Blut gespendet hat. Als er hinreichend Kraft geschöpft hatte, trat er vor den Spiegel, hielt sich mit beiden Händen an der Kommode fest und stierte entgeistert in sein eigenes Antlitz.

Seine Augen waren unter den struppigen Brauen so tief eingesunken, daß er seine Pupillen kaum ausmachen konnte; sein Haar war verfilzt, und aus dem Gesicht schien eine gewisse Streitbarkeit entschwunden zu sein, mit der er seine Schüchternheit zu kompensieren suchte. Er mußte besorgniserregend abgenommen haben, denn seine Wangen waren eingesunken, und die leichenhafte Blässe, grau wie der Bauch einer Regenwolke, versetzte ihm einen schweren Schock.

Er verwarf die Sorge, ob er weitere Strapazen überhaupt verkraften könnte, und machte sich hektisch ans Werk, die grauenhaften Spuren seiner nervlichen Überlastung auszulöschen, indem er sich sorgsam rasierte, wusch und pflegte. Als er wieder in den Spiegel sah, um sich den Schlips zu binden, faßte er ein wenig Mut.

Schließlich lockte draußen ein frischer Frühlingstag. Zum Teufel mit Jebson; der alte Trottel würde sicher schon lange vor James Lowry das Zeitliche segnen. Zum Teufel mit den vier Stunden; der Ritter hatte ganz recht: was lag schon an vier Stunden? Zum Teufel auch mit den Phantomen, die ihn bestürmt hatten. Er war mutig und stark genug, um die Stellung zu halten. Mit so viel Mut und Willenskraft hatte er es gar nicht nötig, klein beizugeben und an den Thesen seines Artikels irgendwelche Abstriche zu machen. Sollten sie sich austoben!

Er trabte die Treppe hinab, im Sprung noch sein Jackett knöpfend, und versuchte angestrengt sich bei guter Laune zu halten. Das dunkle Ding tänzelte unmittelbar neben und hinter ihm, von fern erklang das hohe, schrille Gelächter - aber er war fest entschlossen, diesen Firlefanz keiner Beachtung zu würdigen. Allen üblen Geistern zum Trotz würde er weitermachen und so tun, als ob nichts geschehen wäre. Jetzt kam es darauf an, Mary und Tommy freundlich zu begrüßen und im Auditorium so trocken und weitschweifig wie eh und je seine Vorlesung zu halten.

Mary beäugte ihn zunächst etwas mißtrauisch, aber als sie sah, daß es ihm deutlich besser ging, warf sie ihm die Arme um den Hals und gab ihm einen fröhlichen Guten-Morgen-Kuß. Tommy hatte sich bereits an den Tisch gesetzt.

»Siehst du wohl?« rief Mary. »Der alte Granitblock ist unverwüstlich. Munterer denn je!«

»Nicht totzukriegen«, bestätigte Tommy. »Übrigens, Jim, nachts um halb zwölf ist nicht gerade die rechte Zeit für einen Spaziergang. Hoffentlich ist dir nichts passiert.«

Lowry wurde kurz ärgerlich, daß Tommy die Sache überhaupt erwähnte. Ganz als ob Tommy daran gelegen wäre, ihm diese scheußlichen Ereignisse vor Augen zu halten. Andererseits erkundigte er sich ja bloß ganz freundlich. Es war sicher nicht böse gemeint. Trotzdem - erst der merkwürdige Besuch im Schlafzimmer, und jetzt -

»Bitte schön, dein Frühstück«, sagte Mary. Sie stellte einen Teller Schinken mit Ei vor ihn hin. »Beeilen brauchst du dich nicht, aber ich würde dir raten, jetzt loszulegen.«

Lowry lächelte sie an und setzte sich ans Kopfende der Tafel. Er nahm das Besteck in die Hände, in Gedanken noch immer mit Tommy beschäftigt. Er begann, ein Stück Ei auf die Gabel zu schieben -

Sanft und geringfügig bewegte sich der Teller.

Lowry schaute verstohlen hoch, um zu sehen, ob Tommy oder Mary etwas bemerkt hatten. Offenbar nicht. Er versuchte noch einmal, sich eine Gabelspitze Ei zu genehmigen.

Wieder schwankte der Teller ein bißchen hin und her.

Er legte die Gabel hin.

»Was ist denn los?« fragte Mary.

»Ach, ich ... ich glaube, ich hab' keinen Hunger.«

»Aber du hast doch seit dem Frühstück gestern nichts mehr gegessen!«

»Na gut ...« Tapfer ergriff er seine Gabel. Der Teller rückte ein wenig zur Seite. Während er auf den Teller starrte, fiel ihm noch etwas anderes auf.

Wenn er Tommy nicht anschaute, sah er aus dem Augenwinkel, daß Tommy mit Fangzähnen bewehrt zu sein schien. Aber sobald er Tommy offen ins Gesicht blickte, war an seinem Mund nichts Ungewöhnliches zu bemerken. Ich bilde mir das bestimmt nur ein, dachte Lowry. Er beugte sich wieder über seinen Teller.

Aber der Eindruck hatte ihn nicht getrogen. Sobald er sich von Tommys Gesicht abwandte, trug der Kerl gelbe Fangzähne, die sogar seine Unterlippe eindrückten!

Der Teller bewegte sich.

Das kleine dunkle Ding huschte hinter ihm herum.

Von irgendwoher erscholl das hohe, schrille Gelächter.

Lowry riß sich mit Macht zusammen und saß still. Er sah auf den Teller. Solange er keine Anstalten machte, den Teller zu berühren, regte sich nichts.

Plötzlich ein weiterer Schreck. Sobald er Mary aus den Augen ließ, schien auch *sie* Fangzähne zu besitzen, von gleicher Art wie Tommy!

Er stierte sie an - sie war so lieblich schön, wie er sie kannte.

Er sah weg.

Gelbe Fangzähne verunstalteten ihren Mund!

Könnte er diese gräßlichen Mäuler doch nur sehen, wenn er die beiden direkt ansah! Dann wäre er wenigstens sicher!

Das lästige dunkle Phantom flitzte seitwärts aus dem Blickfeld.

Er versuchte zu essen. Der Teller bewegte sich.

Mit einem Satz sprang er vom Tisch auf. Sein Stuhl krachte zu Boden. Mary sah erschrocken zu ihm auf. Tommy erhob sich auch.

Lowry preßte mit größter Mühe eine ruhige Erklärung hervor: »Vor meiner ersten Vorlesung bin ich noch kurz mit jemandem verabredet.«

Er guckte Tommy an und sah Marys Fangzähne. Er guckte Mary an und sah sie ganz normal, aber jetzt sah er Tommys Fangzähne.

Er stürzte in die Diele hinaus und riß seinen Mantel vom Haken, wobei er dumpf registrierte, daß Tommy ihm nachkam und sich ebenfalls den Mantel anzog. Mary stellte sich vor ihn hin und sah tief beunruhigt zu ihm auf.

»Jim, solltest du mir nicht irgend etwas sagen? Du kannst uns vertrauen, Jim.«

Er küßte sie und schien die Fangzähne zu spüren, die er momentan nicht sehen konnte. »Es fehlt mir nichts, mein Schatz. Mach dir meinetwegen keine Sorgen. Alles in Ordnung.«

Sie konnte nicht verhehlen, daß sie ihm nicht glaubte, und sie war fieberhaft in Gedanken vertieft, denn erst, als er das untere Ende der Eingangstreppe erreicht hatte - erleichtert, daß der Boden dort nicht nachgab -, rief sie ihm nach: »Dein Hut, Jim!«

Er winkte ihr fahrig zu und schritt energisch aus, um auf die Straße zu gelangen. Tommy mußte sich anstrengen, es mit diesem Tempo aufzunehmen.

»Jim, alter Knabe, was ist bloß los mit dir?«

Solange er Tommy nicht ansah, bestand an den Fangzähnen kein Zweifel - und obendrein wirkte der Kerl plötzlich verschlagen und hintergründig. »Gar nichts ist los.«

»Es stimmt doch was nicht, Jim. Gestern abend verläßt du die Tafel, dann jagst du um elf oder halb zwölf, was weiß ich, plötzlich davon, als wären tausend Teufel hinter dir her, und jetzt stürzt du hinaus, ohne gefrühstückt zu haben. Du sagst mir nicht alles, Jim.«

»Du kennst die Antwort«, entgegnete Jim mürrisch.

»Wie - ich weiß nicht, was du meinst.«

»Du hast doch schließlich damit angefangen, mir von Teufeln und Dämonen zu erzählen.«

»Jim!« rief Tommy entgeistert. »Du meinst doch nicht etwa, ich hätte bei deinen Erlebnissen die Hand im Spiel?«

»Ich bin beinahe sicher, daß es so ist.«

»Ich bin froh, daß du noch das Wörtchen <beinahe> einschiebst.«

»Erst dieses komische Getränk, dann ein vierstündiger Filmriß, verbunden mit dem Verlust - «

»Jim, es gibt auf der ganzen Welt kein Gift, das einen solchen Filmriß zur Folge haben könnte, ohne daß andere Nachwirkungen auftreten. Das mußt du zugeben, Jim.«

»Wer weiß ...«

»Du weißt das ganz genau«, sagte Tommy. »Was auch immer dir zugestoßen ist - mit mir hat es überhaupt nichts zu tun!«

»Wer weiß ...«

»Streiten wir uns nicht, Jim. Ich will dir nur helfen.«

Jim Lowry verschloß sich. Schweigend gingen sie weiter. Lowry hatte jetzt Hunger; da vorn, in dem kleinen

Lokal, herrschte ein anheimelndes Getöse, und Kaffeeduft lag in der Luft. Er versuchte zu vergessen, was ihm gestern dort passiert war.

»Geh du schon mal vor«, sagte er zu Tommy. »Ich wollte hier noch jemanden treffen.«

»Wie du meinst, Jim. Sehen wir uns zum Mittagessen?«

»Denke schon.«

Tommy nickte ihm zu und schritt von dannen. Lowry trat ein und setzte sich an die Theke.

»Sieh da, sieh da!« rief Mike zur Begrüßung, erleichtert, daß seine Geschwätzigkeit den alten Kunden nicht verjagt hatte. »Was darf es sein?«

»Schinken mit Ei«, sagte Jim Lowry.

Aufatmend stellte er fest, daß der Teller hier in der Gaststätte nicht von der Stelle rückte. Doch diese Tatsache erhärtete den Verdacht, daß Tommy bei den Ereignissen der letzten Tage mitmischte - vielleicht sogar ganz kräftig! Er aß wie ein Verhungernder.

Eine halbe Stunde später betrat er seinen Vortragssaal. Es war angenehm, sich an einem so vertrauten Ort zu befinden, hier oben auf dem Katheder zu stehen und durch die offene Tür die Studenten im Flur vorbeigehen zu sehen. In Kürze würden sie hier eintreten, er würde seine Stimme erheben und ihnen seine Kenntnisse alten Gedankenguts und versunkener Kulturen vorleiern, und vielleicht war die Welt ja doch in Ordnung.

Er schaute sich um, ob auch alles an seinem Platz lag, ob die Tafel sauber war, um seine Notizen zu empfangen -

Entgeistert starrte er die Tafel hinter seinem Podium an. Wie merkwürdig! Die Tafeln wurden doch übers Wochenende gründlich gewaschen. Wie kam dieser Satz dorthin?

»Du bist das Wesen. Erwarte uns in Deinem Büro.«

Was für eine kuriose Handschrift! Sie erinnerte irgendwie an den Zettel, den er erhalten hatte, war aber deutlich lesbar. Das Wesen? Du bist das Wesen? Was konnte das bedeuten? Er sollte in seinem Büro warten? Auf wen? Auf was? Die Vorahnung einer nahenden Katastrophe ergriff von ihm Besitz. Ein übler Streich, oder was war hier los? Er schnappte sich einen Tafelwischer und versuchte fieberhaft, die ominöse Mitteilung auszulöschen, quer vom einen Ende der Tafel zum andern, hin und her.

So ging das nicht. Dann aber, ganz langsam, als er seine Anstrengungen auf das erste Wort konzentrierte, verschwand die Schrift. Dann das zweite Wort, das dritte, das vierte! Jetzt kam dieser Schandfleck endlich weg! Er arbeitete so gründlich, daß am Ende nichts mehr zu sehen war.

Da geschah das Unaussprechliche. Buchstabe für Buchstabe, Wort für Wort erschien in gemächlichem Rhythmus die ganze Nachricht aufs neue. Er begann zu zittern.

Er probierte es noch einmal. Aber hartnäckig, Zeichen für Zeichen, kehrte die Schrift zurück.

»Du bist das Wesen. Erwarte uns in Deinem Büro.«

Er warf den Tafelwischer von sich, als gerade die ersten zwei Studenten eintraten. Er fragte sich, was sie von der mysteriösen Nachricht halten würden. Vielleicht konnte er eine Entschuldigung erdichten, sie in die Vorlesung mit einbauen ... Nein - nein, die Studenten waren es gewohnt, seltsame Sätze an der Tafel zu sehen, Überbleibsel aus früheren Lehrveranstaltungen. Er sollte das Problem lieber ganz ignorieren.

Die Studenten schlurften herein, verschoben Stühle und begrüßten einander kreuz und quer durch den Saal. Ein Mädchen trug ein neues Kleid und gab sich betont lässig. Ein Bursche hatte eine neue Freundin, versuchte vor ihr den starken Mann zu spielen und im Gespräch mit seinen Kameraden möglichst gleichgültig zu wirken. Nach und nach erstarben die rastlosen Geräusche und Unterhaltungen. Es schellte. Lowry begann seine Vorlesung.

Allein die langjährige Gewohnheit und ellenlange Zitate aus dem Buch halfen ihm über die Runden. Ab und zu wurde er sich während des Vortrags seiner eigenen Worte bewußt, und sie kamen ihm durchaus vernünftig vor. Die Studenten machten sich Notizen, dösten, flüsterten oder kauten Kaugummi - ein ganz normales Auditorium. Offenbar bemerkte niemand etwas Ungewöhnliches.

»Dieser Irrglaube und die natürliche Abneigung des Menschen, ein so eng mit den Göttern assoziiertes Thema wie Krankheit in Angriff zu nehmen und es zu erforschen, versperrte über Jahrhunderte den Zugang zur wissenschaftlichen Medizin. Als in China medizinische Mittel entdeckt wurden, ...«

Er sollte in seinem Büro warten? Was konnte *ihn* dort erwarten? Und wieso »Wesen«?

»... Mittel, die Fieber hervorrufen oder Schmerzen lindern konnten, schrieb das gemeine Volk diese Tatsache unbeirrt der Abneigung des Krankheitsdämons gegen das jeweilige Kraut oder den magischen Eigenschaften des Rituals zu. Selbst die Ärzte hielten lange Zeit an bestimmten rituellen Praktiken fest - erstens weil sie auch nicht sicher waren, und zweitens, weil der Gemütszustand des Patienten, der als bedeutender Faktor seiner Genesung erkannt wurde, sich durch ein solches Entgegenkommen positiv beeinflussen ließ.«

Was für eine Erleichterung, hier stehen zu können und harmlos drauflos zu dozieren, als sei alles in bester Ordnung! Ja, die Studenten verhielten sich ganz normal - ihre Blicke schweiften dauernd durchs Fenster, hinaus ins Freie, in den strahlenden Sonnenschein und ins kühle, weiche Gras.

»In jeder Kultur setzt die Geschichte der Heilmethoden mit den donnernden Trommeln des Medizinmanns ein, der seinem Patienten die bösen Geister auszutreiben sucht.« - An diesem Punkt des Vortrags erlaubte er sich gewöhnlich einen kleinen Scherz über einen Patienten, der schleunigst gesund wird, um sein Trommelfell zu retten - aber heute wollte ihm der Spott nicht über die Lippen kommen. Was hatte er nur?

»Der Aspekt der menschlichen Krankheitsanfälligkeit bestärkte zunächst den Glauben an Geister und Dämonen, denn häufig bestand zwischen gesunden und kranken Patienten äußerlich kein Unterschied; und was der Mensch nicht sehen konnte, das führt er auf Teu... - «

Krampfhaft packte er den Rand seines Vortragspults.

»Das führt er auf Teufel und Dämonen zurück.«

Aber ist es nicht seltsam, daß der Patient häufig gesund wird, wenn der Medizinmann seine Trommel rührt? Und wie sonderbar, daß Beschwörungen und Amulette dem Menschen jahrtausendelang als einziger Schutz gegen Bakterien dienten! Seltsam, daß auch die »moderne« Medizin noch zahlreiche Formen beibehält, die sich direkt auf den Glauben an Teufel und Dämonen zurückführen lassen! Und müßten wir angesichts der vielen abgelegten Krücken in einer mexikanischen Kirche nicht zugeben, daß der Glaube sogar in scheinbar hoffnungslosen Fällen Berge versetzen kann? Überhaupt - die Kirche! Sollte es uns nicht zu denken geben, daß die Welt heute so grausig und trostlos entartet ist, nachdem die Menschen sich von der Kirche abgewandt haben, um sich auf eine völlig materialistische Kultur zu konzentrieren? Dämonen des Hasses und Teufel der Zerstörung scheinen freigesetzt, deren Bestimmung darin liegt, den Menschen zu verhöhnen und sein Elend zu vertiefen! Erd-, Wasser- und Luftgeister, an die jetzt niemand mehr glaubt, können ungehindert gewaltiges Unheil über die Welt bringen -

Er hielt inne. Die Studenten flüsterten nicht mehr. Sie hatten auch aufgehört zu kauen, aus dem Fenster zu glotzen oder vor sich hin zu dösen. Fasziniert, mit weit aufgerissenen Augen starrten sie ihren Professor an.

Er bemerkte plötzlich, daß er die letzten Gedankengänge laut geäußert hatte. Er legte eine Art Kunstpause ein, um sein Auditorium näher zu betrachten. Junge Gemüter, bereit und willig, sich von jedem halbwegs angesehenen Mann mit beliebigen Informationen anfüllen zu lassen; saugfähig wie Schwämme für die Halbwahrheiten, Unwahrheiten und Propagandalügen des sogenannten Bildungswesens; knetbares Material für autoritäre Erziehungsziele. Wie konnte er sicher sein, ihnen je die Wahrheit vermittelt zu haben? Er wußte nicht einmal, ob es richtig oder falsch ist, das geheiligte Prinzip der Demokratie in alle Welt zu verbreiten. Hier saß die nächste Generation, auf der Schwelle zum Ehestand und zum juristischen Kleinkrieg der Geschäftswelt. Konnte er, Professor Lowry, mit all seinem Wissen, den jungen

Leuten überhaupt etwas beibringen, was ihnen nützen würde? Er, der über so viele Jahre sicher gewesen war, daß die materialistische Wissenschaft alles zu erklären vermag - er, der jetzt weit umhergeschweift war und Dinge gesehen, mit Wesen gesprochen hatte, die er jahrelang als Trugbilder angeprangert hatte! - Konnte er immer noch dieselben abgestandenen Thesen aus all seinen früheren Vorlesungen wiederholen?

»- und eben wegen dieses Glaubens, der von alters her im Menschen verwurzelt ist, fühlt sich heute niemand ganz sicher, ob an den Anschauungen unserer Vorfahren nicht doch etwas dran ist. Oder vielleicht ...« Warum sollte er jetzt einen Rückzieher machen? Seine Studenten waren ihm anvertraut. Sollte er ihnen etwas vorlügen, nachdem er gerade erst vor zwölf Stunden mit Phantomen auf Wanderschaft gegangen war und sich von einem Priester hatte führen lassen, der seit über dreihundert Jahren tot war? Er, der von unsichtbaren Geistern gejagt wurde und selbst jetzt - wenn auch flüchtig - ein schwarzes Objekt wahrnehmen konnte, das einen Schatten warf, obwohl die Sonne da drüben gar nicht hinschien? Es war seine Pflicht, den Charakter und das Weltbild dieser jungen Menschen zu formen. Warum sollte er sich vor ihnen fürchten?

»Männer der Wissenschaft«, setzte er ruhig wieder an, »suchten den Menschen von seiner Angst zu befreien, indem sie ihm versicherten, er brauche sich vor nichts zu fürchten, nur weil die Ursache nicht sichtbar in Erscheinung tritt. Die heutige Gesellschaft hat sich einreden lassen, es gebe für alles eine logische Erklärung, und mit Hilfe eines Lichtbogens könnten wir womöglich gar in Gottes Antlitz blicken. Aber auf diesem Katheder muß ich heute gestehen: Ich weiß, daß ich nichts weiß. Ich bin tief in die Vergangenheit getaucht und stellte fest, daß unzählige Milliarden Menschen, alle, die vor dem letzten Jahrhundert lebten, ihr Dasein in gebührender Achtung vor dem Übernatürlichen gestalteten. Seit alters hat der Mensch gewußt, daß ihm hier auf Erden ein elendes Schicksal beschieden ist; und bis auf den jüngsten Sekundenbruchteil der Erdgeschichte war er sich dessen bewußt, daß jenseits seines Gesichtskreises Wesen existieren müssen, die sich daran ergötzen, ihn zu quälen.

In diesem Hörsaal befinden sich gegenwärtig mindestens ein halbes Dutzend Amulette, denen der jeweilige Besitzer große Bedeutung beimißt. Ein solcher Gegenstand soll Ihnen Glück bringen; Sie haben ihn von einem Menschen erhalten, der Ihnen sehr nahesteht, oder er fiel Ihnen durch ein mysteriöses Ereignis in die Hände. Sie glauben also halb und halb an eine Glücksgöttin, und ebenso an einen Gott des Unglücks. Sie alle haben gelegentlich bemerkt, daß mit dem Augenblick, in dem Sie meinten, Ihnen könne absolut nichts zustoßen, Ihr eigener Niedergang einsetzte. Laut zu sagen, daß man niemals krank wird, scheint eine Krankheit regelrecht heraufzubeschwören. Wie viele junge Kerle haben Sie gekannt, die damit prahlten, sie hätten noch nie einen Unfall gehabt, und die Sie dann im Krankenhaus besuchen mußten? Und wären Sie frei von diesem eingefleischten Glauben, würden Sie nicht jedesmal ängstlich nach Holz suchen, sobald Sie den Mund zu voll genommen haben.

Wir leben in einer modernen Welt, voll von materiellen <Erklärungen>, aber es gibt keine Maschine, die Ihnen Glück garantieren könnte; es sind auch keine eindeutigen Gesetze formuliert worden, die das Schicksal des Menschen bestimmen. Wir wissen, daß uns ein wenig Licht und einiges Erfreuliche erwartet, aber während wir jeden Glauben ans Übernatürliche oder an irgendein düsteres Pantheon böswilliger Götter ableugnen, ist uns dennoch bewußt - empfindlich bewußt -, daß wir die Finsternis und das Nichts im Rücken haben und all das Leid, das uns zuteil wird, jämmerlich schlecht begreifen. Wir sagen gedankenlos, wir hätten <Pech gehabt> oder <Glück gehabt>; wir schleppen Amulette mit uns herum oder klopfen auf Holz. Wir setzen Kreuze auf unsere Kirchen und Bögen in unsere Glockentürme. Nach einem Unglücksfall haben wir das Gefühl, weitere zwei Unglücke abwarten zu müssen, bevor wir aufatmen können. Wir setzen unseren Glauben in einen gütigen Gott und versuchen so unseren Weg zu machen, oder wir stapfen ohne Hilfe durch die trüben Höhlengänge des Daseins, ständig auf der Hut vor einer dämonischen, zerstörerischen Kraft, die unser kleines Glück vernichten könnte; oder aber, wir vertrauen arrogant nur auf uns selbst und stemmen uns dem Schicksal trotzig entgegen. Wir zittern im Dunkeln. Wir schaudern in Anwesenheit einer Leiche. Manche von uns suchen in geheimnisvollen Lehren wie Astrologie oder Zahlenmystik nach einer Versicherung, daß sich alles zum Rechten fügen wird. Und niemand aus diesem Saal würde, wenn man ihn um Mitternacht in ein <Spukschloß> versetzte, an jenem Ort die Existenz von Geistern abstreiten. Wir sind intelligente Lebewesen, die sich ein Lippenbekenntnis des Unglaubens abringen lassen, aber wenn es darauf ankommt, verdrehen wir ängstlich die Augen nach jener unbestimmten Gefahr in unserem Rücken, die aus dem schwarzen Nichts herniederfahren könnte.

Warum? Sind wir nun doch von Dämonen, Teufeln und Geistern umgeben, die in ihrer Mißgunst gegen den Menschen dem bösen Trieb verfallen sind, uns Schaden zuzufügen? Oder sollten wir trotz aller Beweise, mit denen die Wahrscheinlichkeitsrechnung den bloßen Zufall als Erklärung ausschaltet, dem Menschen allein die Schuld an seinem Elend geben? Gibt es Kräfte, die wir gewöhnlich nicht wahrnehmen können?

Lassen Sie mich nur die Frage in den Raum stellen:

Wäre es nicht denkbar, daß wir alle einen latenten Sinn besitzen, der sich im rastlosen Getriebe der heutigen Zeit nicht recht entwickeln konnte? Hätten nicht unsere Vorfahren, die sich ständig elementaren Gefahren, dem Wind und der Dunkelheit ausgesetzt sahen, die Entwicklung dieses sechsten Sinns im einzelnen Menschen naturgemäß gefördert? Und könnte es nicht sein, daß uns dieses Versäumnis, die persönliche Wahrnehmungskraft zu schärfen, für übersinnliche Erscheinungen blind gemacht hat? Könnte dieser Sinn nicht plötzlich wieder aufleben, so daß wir jene eifersüchtigen Kräfte, die unser Dasein bedrohen, wie durch einen Blitzstrahl erhellt in aller Deutlichkeit erkennen? Könnten wir die übernatürliche Welt auch nur für einen Sekundenbruchteil sehen, dann würden wir die Verwicklungen erahnen, die den Menschen tatsächlich peinigen. Wenn uns diese Erwekkung nun aber zuteil würde und wir erzählten, was wir gesehen haben, dann könnte man uns für <verrückt> halten, nicht wahr? Und was ist mit den Visionen der Heiligen?

Wir alle haben als Kinder die Schreckgespenster der Finsternis gespürt. Bei einem Kind, dessen Geist noch nicht durch die Überlastung mit Fakten und Informationen getrübt ist, wäre dieser sechste Sinn vielleicht nicht ganz verschüttet - was meinen Sie? Leben heute nicht Menschen auf der Welt, die mit dem Übernatürlichen verkehren, sich aber durch das Fehlen solcher Wahrnehmungen bei ihren Mitmenschen gehindert sehen, diese Erscheinungen zu demonstrieren oder zu erklären und auf eine andere Reaktion als Unglauben stoßen?

Ich sage Ihnen all das als Denkanstoß. Sie haben mir wochenlang geduldig zugehört und Ihre Notizbücher mit zahlreichen ethnologischen Bruchstücken angefüllt. Nicht ein einziges Mal hatte ich Sie bislang aufgefordert, eigene Überlegungen anzustellen oder über eine bestimmte Frage nachzudenken. Bitte sehr - es hat geschellt. Lassen Sie sich meine Worte durch den Kopf gehen.«

Die Hälfte der Studenten schien im Hinauswandern der Ansicht zu sein, Professor Lowry habe sich einen seiner berühmten Scherze erlaubt. Die andere, wachere Hälfte schien sich zu fragen, ob Professor Lowry vielleicht erkrankt sei.

Lowry war es irgendwie ganz egal, was sie dachten. Er hatte sich auf seinen Stuhl niedergelassen und wich sämtlichen Blicken aus, indem er verschiedene Notizen sortierte.

»Du bist das Wesen. Erwarte uns in Deinem Büro.«

KAPITEL VII

Eine Zeitlang saß Lowry still in seinem Büro, starrte die wüsten Papierstapel auf seinem Schreibtisch an und grübelte über die Art und Weise nach, in der er seine Vorlesung beendet hatte. Der Mensch scheint - so dachte er - unentrinnbar gezwungen, seine eigenen Erklärungen und Vorurteile zu widerrufen; seine wildesten Gelübde, bestimmte Dinge nicht zu tun, münden endlich in den Zwang, genau diese Dinge zu tun; und jene Überzeugungen, die seinem Wesen am fremdesten sind, drängt ein tückisches Schicksal ihm schließlich gewaltsam auf. Es war unvorstellbar, daß der angesehene Ethnologe James Lowry sich je zum geringsten Eingeständnis der Existenz außersinnlicher Kräfte herablassen würde - und hier saß er nun. Er wartete. Worauf wartete er?

Auf die verlorenen vier Stunden?

Der Gedanke veranlaßte ihn, sich zu erheben und in der buckelnden Manier eines eingesperrten Raubtiers im Büro umherzuschreiten. Er ertappte sich dabei und zwang sich zur Ruhe, indem er mit dem Fuß verschiedene Bündel verrückte und die Adreßaufkleber der Pakete studierte, die von Yucatán heraufgekommen waren. Die einzelnen Fundstücke zu klassifizieren, konnte ein ganzes Jahr Arbeit erfordern, und er wußte selbst nicht, was er hier alles zusammengebracht hatte. Einzelne Steine, Bruchstücke, Gipsabgüsse von Abdrücken, hastig angefertigte Miniaturkopien heidnischer Götzen, eine Schriftrolle in einem Metallzylinder -

Um die Wartezeit zu überbrücken, wickelte er die erstbeste Schachtel aus und stellte sie auf seinen Schreibtisch. Er hob den Deckel ab. Sie enthielt nur einen versteinerten Schädel, der neben einem Opferblock gelegen hatte - das letzte Überbleibsel eines armen Teufels, dem man bei lebendigem Leib das Herz aus der Brust gerissen hatte, um die von Priestern ersonnene Gier einer blutrünstigen Gottheit zu befriedigen, deren Lebenskraft der Erneuerung bedurfte. Nur ein bräunlicher, blinder Schädel ... Er hatte dieses Objekt aus reiner Gewohnheit völlig kaltblütig ausgegraben. Warum schauderte er jetzt so davor?

Weil er seinen eigenen Namen gelesen hatte - warum sonst! Seinen Namen, eingemeißelt in jenen Grabstein.

JAMES LOWRY
1901-1940
Er ruhe in Frieden

Seltsam, daß er ausgerechnet über den Grashügel seines eigenen Grabes hingestürzt war; seltsamer noch, daß er in jener Nacht nur an diesem düsteren Ort für kurze Zeit seinen Seelenfrieden gefunden hatte. Und welches Todesjahr wurde ihm vorhergesagt? 1940?

Er schluckte einen trockenen Klumpen herunter, der ihm fast den Atem raubte. »Schon dieses Jahr?« Morgen, nächste Woche, nächsten Monat?

1901-1940

Nur dort war er von seinen Qualen erlöst gewesen.

Die Tür öffnete sich, und Tommy trat herein. Lowry wußte, wer gekommen war, konnte aber Tommy nicht ins Gesicht schauen. Als er sich doch überwand, sah er im Hochgleiten seines Blicks das böse Lächeln und die gelben Fangzähne. Aber nur ganz flüchtig; als er den Freund direkt ansah, war es der gute alte Tommy mit dem gewohnten, vertrauten Antlitz.

»Wie ich höre, wird dir das Leben zu langweilig«, sagte Tommy grinsend. »Du hast doch sicher nicht vor, dir als nächstes aus dem chemischen Labor ein Kännchen Nitroglyzerin zu bestellen? Oder brauchst du das?«

»Was ist denn los?«

»Gar nichts ist los, außer daß einer deiner Studenten einen hysterischen Anfall erlitten hat und fast zusammengebrochen ist. Und die andern irren, zumindest teilweise, in einem milden Schockzustand durch die Gegend und brabbeln von Teufeln und Dämonen. Sag bloß, du siehst diese Dinge jetzt so wie ich.«

»So wie du, nein«, erwiderte Lowry. »Aber was der Mensch mit eigenen Augen sieht, das muß er wohl glauben.«

»Ei, ei, Professor Lowry entpuppt sich als Medizinmann, wer hätte das gedacht! Ich hab's mir erzählen lassen. Glaubst du wirklich an all das, was du heute verkündet hast?«

»Was bleibt mir anderes übrig? Seit achtundvierzig Stunden werde ich von Phantomen begleitet und rede mit ihnen; sie verfolgen mich und ich verfolge sie.«

»Du scheinst das ganz gelassen zu nehmen.«

»Warum sollte ich die Ruhe verlieren?«

»Sollst du ja gar nicht. Du regst dich jedenfalls viel weniger darüber auf als in den letzten paar Tagen, oder genauer gesagt Samstag und Sonntag. Ist denn ... ich meine, siehst du immer noch - «

»Ist immer noch da«, sagte Lowry. »Man gewöhnt sich an alles.«

Wieder öffnete sich die Tür. Sie wandten sich um und sahen Mary eintreten. Mit dem Aufsehen, das Lowry im Auditorium erregt hatte, schien sie sich nicht befassen zu wollen, und es lag ihr nichts daran, ihn zu befragen; sie hatte wohl das Gefühl, daß sein sonderbares Verhalten zum Teil auf sie selbst zurückzuführen sein mochte. Trotz ihres Lächelns wirkte sie halb verängstigt, aber als sie sah, daß Lowry sie ebenfalls anlächelte, lebte sie auf.

»Hallo, Jim. Hallo, Tommy. Ich komme nur rasch in meiner Rolle als treusorgende Gattin vorbei, Jim. Es herrscht, so ungern ich das erwähne, gähnende Ebbe in der Haushaltskasse. Der Frühling zum einen und die leere Speisekammer zum andern schreien nach Kleidung und Lebensmitteln.«

Jim zückte sein Scheckbuch.

»Das«, verkündete Tommy, »ist der Grund, aus dem ich nie heiraten werde.«

»Es ist mir ein Vergnügen«, erklärte Lowry, indem er den Scheck ausschrieb.

»Noch zwei Stunden bis zu meiner nächsten Vorlesung«, sagte Tommy. »Darf ich mir deine Einkaufspakete aufladen?«

»Ein so entzückender Packesel ist durchaus willkommen«, antwortete Mary mit einem artigen Knicks.

Lowry hielt ihr die Wange hin und empfing einen hingehauchten Kuß. Tommy nahm ihren Arm und verließ mit ihr das Büro.

War es nun eine Sinnestäuschung gewesen, daß er plötzlich wieder Fangzähne in ihrem Mund gespürt hatte? Spielten ihm Licht und Schatten einen Streich, wenn er diese Fangzähne sogar zu sehen vermeinte? Konnte er den Eindruck, daß sie Tommy im Hinausgehen einen zärtlichen Blick zuwarf, einer natürlichen Eifersucht zuschreiben?

Er schüttelte heftig den Kopf, um diese schrecklichen Gedanken zu verscheuchen, und wandte sich seinem Schreibtisch zu, auf dem ihn der leidige Schädel erwartete. Ärgerlich setzte er den Deckel auf die Schachtel und schleuderte sie fort; aber der Deckel wollte nicht halten, und die Schachtel weigerte sich, auf dem Stapel der Ausgrabungspakete Platz zu nehmen. Hohl tönend rollte der Schädel über den Boden und kam schließlich, auf der Nasenhöhlung stehend, an Lowrys Fuß zur Ruhe. Er versetzte dem Ding einen Tritt. Der Schädel rumpelte langsam in die Ecke und setzte sich auf, um ihn aus entseelten Augenhöhlen mit mildem Vorwurf zu betrachten; einer seiner Zähne war herausgefallen und lag als brauner Fleck auf dem Teppich.

JAMES LOWRY
1901-1940
Er ruhe in Frieden

Seine Gedanken hatten sich hoffnungslos verstrickt, bis er nicht mehr wußte, ob er vielleicht Sebastians Schädel vor sich hatte oder ob Sebastians Grab nur mit Staub und einem goldenen Gürtel aufgewartet hatte. Sinnentleert stiegen aus den Tiefen seiner Gymnasialbildung die Worte auf: »Sein oder Nichtsein, das ist hier die Frage.« Er wiederholte das Zitat mehrere Male, bevor es ihm überhaupt bewußt wurde. Ansatzweise versuchte er sich daraufhin durch schwarzen Humor zu erleichtern, indem er murmelte: »Ach, der arme Lowry. Ich kannte ihn, Horatio - «

Seine Bemühung, über sich selbst zu lachen, schlug fehl. Er konnte fühlen, wie seine Nerven sich wieder anspannten; im Geiste hörte er die hexenhaft gereimten Beschwörungen des alten Mütterchens. Katzen, Hüte, Ratten - Katzen, Hüte, Ratten. Hüte, Fledermäuse, Katzen, Ratten. Folgst du dem Hut bis zur Fledermausbrut, gelangst du zu Katzen mit reißenden Tatzen. Dann trifft dich der Ratten gefräßige Wut. Ratten sind gierig, James Lowry. Ratten werden dich fressen, James Lowry! Du bist schon bei den Fledermäusen; es wartet der Katzen tückische Glut, und endlich der Hunger der Rattenflut. Willst du deinen Hut immer noch finden? Hüte, Fledermäuse, Katzen, Ratten. Ratten sind gierig, James Lowry. Ratten werden dich fressen, James Lowry.

Ratten werden dich fressen, James Lowry.

Ratten werden dich fressen, James Lowry.

Ratten werden dich fressen, James Lowry.

Ratten werden dich fressen, James Lowry.

Ratten werden dich fressen, James Lowry.

Ratten werden dich fressen, James Lowry.

Ratten werden dich fressen, James Lowry.

Willst du immer noch deinen Hut finden?

Willst du immer noch deinen Hut finden?

WILLST DU IMMER NOCH DEINEN HUT FINDEN?

Mit einem Satz stieß er sich vom Tisch ab und sprang auf. Krachend fiel ihm dabei der Stuhl zu Boden. Das heftige Geräusch verschaffte ihm etwas Erleichterung, aber sobald er den Stuhl aufgehoben hatte, ging es wieder los:

Hüte, Fledermäuse, Katzen, Ratten. Fledermäuse müssen fliegen und Hüte auf den Häuptern liegen. Katzen mit reißenden Tatzen. Rattenbrut ist Rattenbrut, mit deinem Hut sei auf der Hut. Ratten, Ratten, Ratten, Ratten, Ratten. Hüte, Fledermäuse, Katzen, Ratten -

WILLST DU IMMER NOCH DEINEN HUT FINDEN, JAMES LOWRY?

»Nein!«

»Dann«, verkündete eine kindlich hohe Stimme, »bist du das Wesen.«

Wütend versuchte er, den Ursprung dieser Stimme zu entdecken. Aber sein Büro war leer.

Da entdeckte er eine Art Bewegung an der Wand vor seinem Schreibtisch, wo ein Bücherschrank entfernt worden war; man sah dort eine kleine, unregelmäßige Landschaft von Schrammen und Narben im Putz. Wie gebannt starrte er auf diese Stelle - irgend etwas begann dort Form anzunehmen. Zuerst tauchte, in vagen Umrissen, ein Gesicht auf, dann Stück für Stück eine Verlängerung nach unten hin, aus der sich ein Körper bildete. Auf dem Kopf erschienen Haare, die Augen bewegten sich ein wenig, und nun langte eine Hand aus der Wand heraus. Der Rest folgte, bis die ganze Gestalt sich abgelöst hatte.

»Verzeihen Sie bitte«, sagte die hohe, melodische Stimme. »Ich möchte Ihnen keine Angst machen.«

Das Ding sah aus wie ein Kind, höchstens vier Jahre alt, ein kleines Mädchen mit langen blonden Locken und wohlgestalteten, grübchenbesetzten Gliedern. Sie trug ein blendend sauberes, weißes Rüschenkleid, und etwas schräg auf ihrem Kopf saß eine weiße Schleife. Das runde, liebliche Gesicht war von seltsamer Schönheit - eigentlich haftete ihm nichts Kindliches an: die Augen so dunkelblau, daß sie beinahe schwarz wirkten, und in ihrer Tiefe lag ein Ausdruck, der nicht zu einem unschuldigen Kind, sondern eher zu einer lüsternen Dirne gehörte; die Lippen voll und saftig, ja sogar leicht geöffnet, als wollten sie einen brünstigen Kuß gewähren. Und wie eine

Aura waberte kugelförmig ein dunkler Schatten um sie herum. Aber flüchtig betrachtet stand da ein niedliches Kind, höchstens vier Jahre alt, naiv und voller Lachen. Der laszive Blick verweilte kosend auf Lowrys Gesicht, als sie sich kokett auf seinen Schreibtisch setzte.

»Ich mache Ihnen doch keine Angst, oder?«

»Aber ... was bist du denn?« fragte Lowry.

»Ich bin natürlich ein Kind. Haben Sie keine Augen im Kopf?« Und dann, sinnend: »Wissen Sie, Mr. Lowry, Sie sind ein sehr attraktiver Mann. So ein großer, robuster Kerl von einem Mann ...« Ein träumerischer Schmelz umflorte ihre Augen, und das rosa Zünglein huschte hervor, um zuckend ihre Lippen zu benetzen.

»Hast du diese Nachricht an die Tafel geschrieben?«

»Nein. Aber ich bin gekommen, um Ihnen Näheres darüber zu sagen. Sind Sie jetzt auch ganz sicher, Mr. Lowry, daß Sie Ihren Hut nicht wiederfinden wollen?«

»Völlig sicher!«

»Es war ein sehr schöner Hut.«

»Ich will ihn nie wiedersehen.«

Sie lächelte und lehnte sich sehnsuchtsvoll zurück; ihre Schühchen ließ sie ab zu gegen die Seite des Schreibtischs klopfen. Sie gähnte, streckte sich und schenkte ihm einen langen Blick. Die vollen kleinen Lippen zitterten, das rosa Zünglein zuckte. Es kostete sie einige Anstrengung, wieder zur Sache zu kommen.

»Wenn Sie diesen ganzen Unsinn und Ihren Unglauben hinter sich gelassen haben«, begann sie, »und falls Sie uns im Kampf gegen die *anderen* behilflich sein wollen, dann habe ich Ihnen eine erfreuliche Nachricht zu überbringen. Sind Sie bereit?«

Lowry zögerte und nickte dann. Er fühlte sich ganz ausgelaugt.

»Kurz bevor Sie Ihre vier Stunden verloren haben, besuchten Sie Ihren Freund Tommy Williams, nicht wahr?«

»Wahrscheinlich weißt du mehr darüber als ich«, sagte Lowry verbittert.

Sie lachte kurz auf, und Lowry fuhr zusammen, denn genau dieses Lachen hatte ihn viele Stunden lang begleitet. Stirnrunzelnd betrachtete er die Kleine und stellte fest, daß die ganze Gestalt zu pulsieren schien und die schwarze Aura sich rhythmisch ein wenig ausdehnte und zusammenzog, wie eine große, unreine, atmende Blase.

Sie ließ ihre Prinzeßchenschuhe gegen den Schreibtisch baumeln und fuhr fort: »Tommy Williams hat Ihnen die Wahrheit gesagt. Sie haben uns herausgefordert und unsere Existenz abgestritten; wir wissen aber mehr über Sie als Sie selbst. Sehen Sie, all dies war sowieso vorausgeplant. Alle paar Generationen, Mr. Lowry, stimmen wir mit der Menschheit die Konten ab. Eine solche Zeit hat gerade begonnen. Und Ihnen, Mr. Lowry, wird die Kontrolle verliehen, denn wir brauchen einen menschlichen Kontrollpunkt.«

Sie lächelte; Grübchen erschienen in ihren weichen Wangen. Mit kleinmädchenhafter Geziertheit strich sie sich das Kleidchen glatt, und dann trommelte sie, ihn unverwandt ansehend, mit den Fersen.

»Jetzt wissen Sie, was wir mit dem <Wesen> meinen, Mr. Lowry. Sie sind das Wesen, das Kontrollzentrum. Gewöhnlich wird diese Eigenschaft in der Gesamtheit allen Lebens immer nur für flüchtige Augenblicke weitergereicht. Vielleicht hatten Sie irgendwann in Ihrem Leben plötzlich einmal das Gefühl: <Ich bin ich>? Dieses Bewußtsein Ihrer selbst ist mit dem verwandt, was die Menschen unter Göttlichkeit verstehen. Fast alles, was auf dieser Welt gelebt hat, war für einen Augenblick *das eine Wesen*, der Brennpunkt allen Lebens. Es ist wie eine Fackel, die von Hand zu Hand geht. Gewöhnlich erhalten sie unschuldige kleine Kinder wie ich; deshalb grübeln Kinder so häufig über ihre eigene Identität nach.«

»Was willst du mir damit sagen?«

»Nun ...« Sie zierte sich ein wenig. »Ich sage Ihnen, daß eine Zeit gekommen ist, in der *wir* ein Wesen auswählen und einem einzigen Menschen diese Funktion verleihen. Ihr Tommy Williams, glaube ich, weiß darüber Bescheid. Solange Sie leben, ist die Welt belebt. Solange Sie einherspazieren und hören und sehen, geht es mit der Welt weiter. In Ihrer unmittelbaren Nähe, wenn Sie mir folgen können, ist alles Leben eifrig bemüht, seine Lebendigkeit unter Beweis zu stellen. Es lebt aber nicht. Andere Leute sind für Sie nur Requisiten. Das hätte sich für Sie schon vor langer Zeit ereignet, aber es war schwer, mit Ihnen Verbindung aufzunehmen. Sie sind *das Wesen*, der einzige wahrhaft Lebendige in dieser Welt.«

Die dunkle Kugel um sie herum vibrierte sanft. Sie berührte mit ihren zierlichen Händchen die weiße Schleife im Haar und faltete die Hände dann auf dem Schoß. Sie sah Lowry starr in die Augen; der wollüstige Ausdruck kehrte zurück, und ihre Lippen öffneten sich ein wenig. Sie atmete schneller.

»Und was ... was wird von mir erwartet?« fragte Lowry.

»Ach, gar nichts weiter. Sie sind das Wesen.«

»E-e-rr i-i-sss-st dd-a-as-ss Wwwe-eee-sse-en-nn!« knurrte ein ganzer Chor von Stimmen in anderen Teilen des Zimmers.

»Aber warum erzählst du mir das?«

»Damit Sie sich keine Sorgen machen und nichts Voreiliges tun. Sie haben Angst vor Tommy Williams. Nun, Tommy Williams ist, genau wie Jebson und Billy Watson, nur ein von Ihnen selbst motiviertes Requisit.«

»Wie kommt es dann, daß er heute morgen zu mir hereinkam, sich über mich beugte und mir ins Gesicht starrte, ohne daß ich mich rühren konnte?«

Sie wurde plötzlich stocksteif. »*Was* hat er getan?«

»Mir einfach ins Gesicht gestarrt. Und jedesmal, wenn ich ihn nicht direkt anblicke, sehe ich Fangzähne - «

»Oh!« schrie sie auf, das Gesicht schmerzverzerrt. »Dann ist es unmöglich!«

»E-e-ss i-iss-st unnn-mm-ö-ö-gg-gl-lli-i-chhhh!« knurrte der unsichtbare Chor.

»Jetzt ist es zu spät«, stellte sie mit niederschmetternder Endgültigkeit fest. »Sie können nichts machen. Tommy Williams ist der Führer der *anderen*. Mit Tommy Williams müssen Sie irgendwie abrechnen.«

»Warum?«

»Er hat Ihnen bereits einen Teil Ihrer seelischen Substanz geraubt.«

»Er hat mich gerade erst vor ein paar Minuten hier besucht.«

»Jedesmal, wenn er Sie sieht, wird er wieder versuchen, Sie auszusaugen! Das müssen Sie verhindern!«

»Wie kann ich das?« rief Lowry.

Aber das kleine Kind war verschwunden, und die schwarze Aura verdunkelte sich; sie begann von oben her zu schrumpfen, bis nur ein kleines, rundes schwarzes Ding übrigblieb. Ein Puff, ein Rauchwölkchen - nichts!

»Wie?« schrie Lowry verzweifelt ins Leere.

Nur der Widerhall seiner eigenen Stimme von den Wänden seines Büros antwortete ihm. Und als er die brüchige Stelle im Putz untersuchte, sah er nur eine brüchige Stelle - keinerlei Hinweis auf ein Gesicht, nicht die leiseste Erinnerung an das, was eben vorgefallen war.

Was war dieses Ding gewesen?

Wo war es jetzt?

Lowry vergrub das Gesicht in seinen Armen.

Als es draußen zwölf schlug, erhob er sich mehr aus Gewohnheit als aus dem Wunsch heraus, sein Büro zu verlassen. Er fühlte sich von einer nagenden, quälenden Besorgnis erfüllt, als erwarte er unbewußt jeden Augenblick einen vernichtenden Schlag aus einer Richtung, in der er sich am sichersten wähnte. Mühsam unterdrückte er diese Ahnung; er straffte die Schultern, schlüpfte in seinen Mantel und schritt wachsam hinaus. Allmählich kam ihm jedoch ein anderes Gefühl zu Bewußtsein - das Gefühl, daß man ihm nichts mehr anhaben könne. Mit der Erstickung des ersten Gefühls erhob sich das zweite. Es ähnelte dem Glauben eines religiösen Fanatikers an einen persönlich fürsorgenden Gott. Nichts schien Lowry ferner zu liegen. Doch als er in den Fluren und auf dem Weg die Treppe hinab die hastenden Fluten der Studenten zerteilte, begann er sich seiner eigenen Kraft und Größe bewußt zu werden.

Er war ja schließlich ein großer Kerl, aber von Natur aus schüchtern, hatte er diese Tatsache nie richtig bemerkt; körperlich empfand er sich immer als etwas untergewichtig und kurzgewachsen - ohne das Thema überhaupt zu erwägen. Eine Gruppe junger Männer, die sich im College als Sportler hervortaten, kam an ihm vorbei, und er bemerkte, beinahe lächelnd, daß er größer und schwerer war als sie. Seltsam, daß er diese offensichtliche Überlegenheit nie beachtet hatte. Die Entdeckung wirkte auf ihn wie der Fund einer Goldmine oder die unerwartete Liebeserklärung einer schönen Frau; oder als höre er plötzlich eine Million Menschen aufstehen und sich vor lauter Jubel über ihn die Kehlen heiser schreien.

Draußen hatte sich ein Student auf die Treppe gesetzt, um sich genießerisch vom Sonnenschein den Rücken durchwärmen zu lassen; er hielt eine Zeitung in den Händen. Als Lowry vorbeikam, wurde er für einen Augenblick neugierig, was in der Welt vor sich gehen mochte, und schenkte dem Blatt einen flüchtigen Blick.

Er fragte sich erschrocken, ob er am Erblinden sei.

Das Papier war nicht bedruckt.

Es war einfach ein großes, weißes Blatt, und trotzdem schien der Student eifrig darin vertieft!

Leicht beunruhigt ging Lowry weiter. Die körperliche Bewegung stellte aber sein Hochgefühl wieder her; die Zeitung war bald vergessen. Einige Studenten standen in kleinen Grüppchen auf dem Bürgersteig und plauderten. Ein Mann schob fleißig einen Rasenmäher. Ein Telegrammbote eilte mit dem vertrauten gelben Umschlag durch die Straße.

Plötzlich beschlich Lowry ein merkwürdiges Gefühl, als ob sich hinter seinem Rücken etwas abspielte, was er wissen sollte. Abrupt hielt er an und wirbelte herum.

Der Junge trabte nicht mehr, setzte sich aber sofort in Gang. Der Mann am Rasenmäher hatte eine Atempause eingelegt, mähte aber jetzt wieder. Die kleinen Grüppchen der Studenten hatten mit ihren Gesten und ihrem Gelächter für einen Sekundenbruchteil ausgesetzt, fuhren aber gleich damit fort.

Im Weitergehen dachte Lowry darüber nach. Vielleicht ging da in seinem Kopf etwas vor sich, eine Art Gedächtnistäuschung. Sicher spielte seine Phantasie ihm nur einen Streich, so daß er glaubte, außerhalb seines Blickfelds hätte alles innegehalten.

Der alte Billy Watkins, heute früher auf den Beinen als sonst, kam angehinkt. Er blieb stehen und tippte sich an die Mütze. »Geht's Ihnen heute besser, Ji... Professor Lowry?«

»Viel besser, danke.«

»Schön, schön, dann halten Sie mal die Ohren steif, Jim - Professor Lowry.«

»Danke, Billy.«

Lowry ging weiter. Wieder beschlich ihn dieses Gefühl. Er stoppte und blickte über die Schulter zurück. Old Billy stand da wie eine schlaffe Vogelscheuche, aber kaum hatte Lowry diesen Zustand richtig bemerkt, zukkelte er munter voran. Dasselbe passierte mit dem Mann am Rasenmäher, dem Telegrammboten und den Studenten - auch sie hatten ausgesetzt und nahmen ihre Tätigkeit erst unter Lowrys Blicken wieder auf.

Höchst eigentümlich, dachte Lowry.

Die nächste Merkwürdigkeit erwartete ihn ein Stück weiter. Rechts neben ihm war ein Pferdewagen dahingerumpelt; aber Zugpferd und Wagen verharrten mitten in der Bewegung, als er wegschaute, nur um sich unter seinem kritischen Blick wieder aufzumachen.

Er war bei dem kleinen Café angelangt, in dem die Professoren ihr Mittagessen einzunehmen pflegten. Als er die Tür öffnete, hörte er von drinnen keinerlei Geräusch. Kein Klappern von Messern und Gabeln, kein Geschepper, kein Stimmengewirr. Völlige Stille. Aber nur einen Moment lang. Lowry trat ins Café, und augenblicklich fing mit vollem Getöse alles an, zu klappern, zu scheppern und zu schwatzen, als wäre ein Stück Tonspur aus dem Filmrand herausgeschnitten gewesen. Ansonsten war nichts Ungewöhnliches zu bemerken. Andere Professoren riefen ihm Grüße zu, die vereinzelten Studenten nickten höflich, und man drückte ihn auf einen Stuhl.

»Eine verdammte Schande, was Jebson sich mit Ihnen geleistet hat«, sagte ein junger Amtskollege angewidert. Da mußte ihn unter dem Tisch jemand getreten haben, denn seine Züge verkrampften sich schmerzhaft; aber das war schnell vorbei. »Es ist trotzdem eine Schande.«

»Sandwich mit Hühnersalat und ein Glas Milch«, sagte Lowry zum Kellner.

Dann unterhielt er sich mit den Männern an seinem Tisch über die beiläufigen Themen des Campus und erzählte ihnen eine Anekdote seiner jüngsten Reise nach Yucatán. Er empfand sich wieder als Herr seiner selbst, und diese Sicherheit, verbunden mit einer Art universalem Seinsgefühl, beruhigte ihn voll und ganz. Ein wenig später, als die Tafel aufgehoben wurde, hatte er den Eindruck, seine Freundschaft zu diesen Zeitgenossen durchaus vertieft zu haben. Nur eine absurde Kleinigkeit war ihm hier aufgestoßen. Er hatte während des Essens mehrere Male versucht, in die Gespräche am Nebentisch hineinzuhören, und konnte ausschließlich Geräusche vernehmen; keinerlei Sprachfetzen, sondern nur einen Mischmasch von Geräuschen.

Er erinnerte sich, daß heute Montag war, worauf ihm ein kleiner Stein vom Herzen fiel. Montags stand er nur einmal im Vorlesungsverzeichnis; seine harten Tage waren Dienstag und Donnerstag. Er konnte also spazierengehen, den klaren, sonnigen Tag genießen und die Ereignisse der letzten paar Tage vergessen.

Als er ging, war das Lokal fast leer. Er stand einen Moment unschlüssig vor der Tür. Welchen Weg sollte er einschlagen? Da fiel ihm auf, daß auf der vertrauten Straße einiges im argen lag.

Zwei Autos, deren Fahrer offenbar über dem Lenkrad schliefen, standen unbeweglich mitten auf der Fahrbahn. Ein Junge auf einem Fahrrad lehnte träge an einem Baum. Drei Studenten waren am Bordstein zusammengesackt.

Die mußten ja alle tot sein!

Aber nein. Nein, jetzt saßen die Fahrer aufrecht, und die Wagen kamen in Gang. Der junge Radfahrer trat kräftig in die Pedale. Die drei Studenten griffen nach ihren Büchern, erhoben sich und schlenderten in Richtung Campus.

Lowry wandte sich um und spähte ins Café hinein. Der Kassierer hatte sich, völlig erschlafft, über die Vitrine neben seiner Registrierkasse hingerekelt. Ein Kellner verharrte höchst unnatürlich mitten im Lokal, einen Fuß in der Luft, ein Tablett voller Geschirr bewegungslos auf der Hand balancierend. Ein verspäteter Mittagsgast war vornübergekippt und lag fast mit dem Gesicht in der Suppe. Lowry machte unwillkürlich einen Schritt auf sie zu.

Der Kellner begann sich fließend zu bewegen. Der

Kassierer kritzelte etwas auf seinen Block. Der Gast nahm geräuschvoll seine Suppe in Angriff.

Verdutzt wandte sich Lowry von der Szene ab und wählte die Straße, die weiter vom College wegführte. Was war jetzt mit ihm los?

Er machte an einem Kiosk Halt, um eine Zeitung zu kaufen. Mit dem Verkäufer schien alles in Ordnung zu sein; wie immer versuchte der Alte durch geschwätzige Hinhaltetaktik zu erreichen, daß der Kunde sein Wechselgeld vergaß.

Lowry versuchte, die alarmierenden Anzeichen, daß seine Welt aus den Fugen geraten war, mit einem Achselzucken abzutun und ging weiter. Er warf einen Blick auf die Zeitung. Es wunderte ihn nicht sonderlich, daß auch sie völlig unbedruckt war, aber ein gewisser Zorn gegen den Händler flackerte in ihm auf. Er machte auf dem Absatz kehrt und marschierte zum Kiosk zurück. Dort hatte ein anderer Zeitungskäufer gestanden, aber sowohl er als auch der Händler waren jetzt über dem Verkaufstisch zusammengesunken und regten sich nicht mehr. Erst als Lowry sie fast erreicht hatte, wurden sie wieder lebendig, um das Geschäft beiläufig abzuwikkeln. Aber Lowry bemerkte, daß auch die Zeitung des anderen Kunden völlig weiß war. Ärgerlich schmiß er seine eigene Zeitung aufs Pflaster und stapfte davon.

Lowry spazierte in nördlicher Richtung eine Straße entlang, die aus der Stadt hinausführte; denn er sehnte sich jetzt nach der erholsamen Umgebung eines kleinen Flusses, in dem er vor langer Zeit geschwommen war, und nach der flüsternden Brise in den Weiden, die das Ufer säumten. Unterwegs begegnete er weiteren Erscheinungen, die gerade eben merkwürdig genug waren, um ihn zu befremden - Menschen, Säugetiere und Vögel, deren Bewegungen um einen Augenblick verspätet einsetzten. Er war überzeugt, daß seine Augen ihn trogen oder daß er aufgrund seiner erschöpfenden Erlebnisse geistig außerstande war, seine Umwelt unverzüglich zu registrieren. Er machte sich keine großen Sorgen und ging einfach weiter, bis er den Ort erreichte, an dem er ausruhen wollte. Zu spät war ihm eingefallen, daß an diesem Fleck heute eine Zellulosefabrik stand; doch als er näherkam, war weder eine Fabrik zu sehen, noch trübte der Rauch aus ihren Schornsteinen den Himmel.

Er fand die gesuchte Stelle neben einer tiefen, unbewegten Ausbuchtung des Flusses, in der er als Knabe zu tauchen pflegte, obwohl hier ein Schild mit der strengen Aufschrift stand: »Städtische Wasserversorgung. Baden verboten.« Er streckte sich ins kühle Gras und ließ sich von der Sonne wärmen. Wie schön es doch war, hierherzukommen, obwohl er heute ein ganz anderer war als jener Knabe, der sich damals in den langen Sommerferien an diesem lauschigen Plätzchen rekelte! Er entglitt allmählich in einen nostalgischen Glückszustand und überdachte müßig seine Taten und Ansichten als Kind in Latzhosen. Damals hatte sein Vater ihm Ehrfurcht eingeflößt, und heute war er, wie ehedem sein Vater, Professor am Atworthy College.

Es amüsierte ihn, daß er genau in die Rolle hineingewachsen war, die er als Kind mit Ehrfurcht betrachtet hatte, und er malte sich gründlich aus, was er zu dem Knaben in Latzhosen gesagt hätte, der vor langer Zeit an diesem Plätzchen lag. Er hätte ihm erzählt, daß die geheimnisvolle Erhabenheit der Erwachsenenwelt gar nicht geheimnisvoll war, sondern nur als Ausdruck einer unsicheren Würde gewohnheitsmäßig in den Raum gestellt wurde; und daß dies mühsam vorgelebte Bildnis vielleicht nur der Nachahmung früherer Generationen entsprang, die man ebenso idealisiert hatte, ja, daß es vielleicht auch als Entschuldigung für körperlichen Verfall diente - oder als bequemer Schutzschild, um sich die Welt vom Leibe zu halten. Der Junge hätte sich viele Sorgen ersparen können! Als sogenannter Erwachsener sah man sich von ebenso vielen und ebenso falschen Sorgen gepeinigt wie als Kind.

Nach einer Weile bemerkte er rasche Hammerschläge und das Knurren eines Lkw-Motors. Er versuchte die Störung zu ignorieren, aber sie setzte sich hartnäckig fort, wurde lauter und geschäftiger, bis seine Neugier geweckt war. Was spielte sich in dieser Gegend ab?

Er stand auf und erspähte durch die Weiden eine halbfertige Mauer. Wie konnte das sein? Er schlüpfte aus seinem Versteck und sah, völlig verblüfft, ein paar hundert Arbeiter, die im Zeitraffertempo Baumaterial schleppten, Nägel einschlugen und wie besessen Mauern und Wände errichteten. Meter für Meter schoß eine Fabrik in die Höhe, mit Innenhöfen, Schlamm, Tanks, Schornsteinen, Drahtzauntoren und allem, was dazugehört! Und was für ein hektisches Getümmel! Wie traumwandelnd ging er näher heran. Einige Arbeiter bemerkten ihn und wirkten gleich völlig verstört. Ein Vorarbeiter begann fluchend auf sie einzuschreien. Es dauerte keine Minute mehr, und die Fabrik war fertig. Prompt schossen die Arbeiter durch die Tore hinein und kamen mit ihren Essenspaketen heraus. Als ob sie einen fürchterlichen Fehler gemacht hätten, fuhr der Vorarbeiter sie wieder an, eine Pfeife schrillte, die Sirene heulte auf, und die ganze Belegschaft hetzte in die Fabrik, um dort einen gewaltigen Radau stampfender Maschinen und brüllender Dampfventile zu veranstalten. Die Fabrik lief auf Hochtouren. Die Weiden waren verschwunden. Der kleine Fluß von früher hatte sich in einen Betonkanal verwandelt!

Lowry wandte sich benommen von der Szene ab

und eilte heimwärts. Vor lauter Unruhe über diese Ereignisse wurde ihm so langsam schlecht. Wie konnte sein persönliches Erscheinen die ganze Umwelt derart beeinflussen?

Die alarmierende Verzögerung der Ereignisse setzte sich fort, als er ins Städtchen kam. Die Leute verharrten reglos, bis er in Sichtweite kam, und dann bewegten sie sich, wie Statisten in einer Filmkulisse.

Ein schrecklicher Verdacht stieg in ihm auf, der ihn eine andere Richtung einschlagen ließ. Wie war das nun mit all diesen Häusern?

Waren es überhaupt Häuser?

Als er eine Straße halb durchschritten hatte, durch die er seines Wissens nie zuvor gegangen war, trat er abrupt in eine Seitengasse.

Ganz wie er gedacht hatte! Die Häuser besaßen zwar eine Fassade, aber nichts dahinter! Es waren Kulissen!

Er ging weiter durch das unbekannte Gäßchen. Hier und da unternahmen die Leute eine verspätete Anstrengung, die falschen Fassaden zu vollenden und eine ebenso falsche Rückfront zu errichten. Aber sie wirkten dabei furchtbar nervös und verstört, als schlotterten ihnen die Knie, nur weil Lowry aufgetaucht war.

Ja, und die Hauptstraße? Viele der Läden dort hatte er nie betreten. In dem Gefühl, der Sache auf den Grund gehen zu müssen, hastete er voran, ohne darauf zu achten, wie sehr er diese Marionetten in Verwirrung stürzte.

Er hatte den Block fast umrundet und näherte sich wieder der Hauptverkehrsstraße seines Städtchens; gerade wollte er um die Ecke biegen, da erreichte ihn der Entsetzensschrei:

»Jim! Jim! Jim! Oh, mein Gott! *Jim!*«

Er sprang auf die Hauptstraße hinaus und blieb wie versteinert stehen. Die ganze Straße war augenscheinlich mit Leichen übersät. Sie lagen über Lenkräder hingebreitet und leblos in der Gosse. Steif lehnten sie an Ladenfassaden. Der Verkehrspolizist hing wie ein Lappen über seinem Podest. Die Zugpferde eines zweispännigen Fuhrwerks lagen flach am Boden vor ihrem Gefährt, und der Bauer war auf dem Kutschbock umgekippt; er ließ den Unterkiefer schräg herabhängen wie eine Leiche. Und durch diesen wirren Requisitenteppich kam Mary angerannt. Sie hatte ihren Hut verloren, die

Haare flogen wild zerzaust, in den Augen stand nackte Angst geschrieben.

Er rief sie an, und vor Erleichterung stürzte sie fast zu Boden. Schluchzend, die Arme ausgestreckt, fiel sie ihm um den Hals und drückte ihr verweintes Gesicht an seine Brust.

»Jim!« schluchzte sie. »Oh, mein Gott! Jim!«

Als er ihr mit sanfter Hand das Haar glättete, sah er die Straße zum Leben erwachen und den alltäglichen Betrieb wiederaufnehmen. Der Polizist blies in seine Trillerpfeife und schwenkte sein Signal, die Pferde sprangen auf und begannen zu ziehen, der Bauer schob sich einen Priem in den Mund und spuckte kräftig aus. Überall wurden Einkäufe getätigt. Die Straße machte einen völlig normalen Eindruck. Aber Jim wußte, wenn er hinter sich schaute, würde er sehen, daß die Vorbeigehenden schon wieder anhielten und wie unter schlaffen Marionettenfäden in sich zusammensackten.

Eine vertraute Figur marschierte flott heran. Tommy, einen elastischen schwarzen Stock schwenkend, den Hut lässig auf den Hinterkopf geschoben und das übliche amüsierte Zucken um die Mundwinkel, kam näher und hielt bei ihnen an.

»Hallo, Jim.« Und dann, besorgt: »Ist mit Mary alles in Ordnung?«

»Du weißt genau, was ihr fehlt, Tom Williams.«

Tommy sah ihn seltsam an. »Manchmal begreife ich dich nicht, alter Knabe.«

»Obwohl du dich reichlich in mich vertieft hast«, entgegnete Jim mit kaltem Grinsen. »Ich hab' die Nase voll.«

»Wieso?«

»Du hast mir etwas geraubt. Ich will es wiederhaben! Ich weiß Bescheid.«

»Was soll das heißen?«

»Ich will diesen Teil meiner Substanz zurückbekommen.«

»Du bezichtigst mich also - «

»- des Diebstahls!«

»Soso!«

»Solange ich komplett gewesen bin, war diese Welt gesund. Jetzt aber, nachdem dieser Teil von mir fehlt - «

Tommy lachte amüsiert. »Ach, du bist also dahintergekommen?«

»Ich werde der Sache abhelfen, Tom Williams, oder dir den Garaus machen!«

Tommys Gelächter klang nun hart und kalt; er schwenkte den Spazierstock, als wollte er damit zuschlagen. »Wie kommst gerade du zu dieser Ehre?«

»Das weiß ich nicht, und es ist mir egal. Was mein ist, ist mein. Gib mir diesen Teil meiner selbst zurück, Tom Williams.«

»Um zu verlieren, was ich habe?« fragte Tommy grinsend.

»Er gehört mir, und dabei bleibt es!« rief Lowry.

»Ich glaube mehr ans kommunistische Prinzip«, sagte Tommy. »Dieser bewußte Teil von dir kommt mir sehr gelegen. Ich rücke ihn nicht heraus.« Die Fangzähne an seinen Mundwinkeln waren jetzt unübersehbar.

Lowry schob Mary zur Seite. Er griff zu, schnappte

sich Tommys Mantel und riß den Mann heran, um ihm einen Faustschlag zu versetzen. Doch irgendwie wand sich Tommy heraus und schaffte es, seinerseits mit dem Stock kräftig zuzuschlagen. Für einen Moment wurde es Lowry schwarz vor den Augen. Aber er kam noch einmal hoch und versuchte, Tommy an die Kehle zu springen. Wieder streckte ihn der Stock zu Boden. Schwer umnebelt schwankte er jetzt auf Händen und Füßen, versuchte einen klaren Kopf zu kriegen. Ein weiterer Hieb ließ ihn mit dem Gesicht aufs Pflaster niederkrachen.

Kurze Zeit später nahm er wahr, daß ein Gesicht sich zu seinem herabbeugte, ein Gesicht, aus dem gelbe Fangzähne hervortraten. Eine kränkliche Schwäche, als sei er am Verbluten, nagelte ihn ans Trottoir.

Tommy richtete sich zu voller Größe auf, und Lowry stellte fest, daß er sich nicht bewegen konnte. Tommy hingegen schien doppelt so groß und stark wie vorher.

Mary schaute Tommy lange an, wobei der Zweifel langsam aus ihrem Gesichtsausdruck wich und einer befriedigten Zustimmung Platz machte. Lowry begriff, wie es dazu kam. Sie war selbst nur eine Marionette; sie erschien nur deshalb lebendiger als alle andern, weil sie in engerer Verbindung mit einer Quelle gestanden hatte. Und als Tommy sich eines Teils seiner seelischen Substanz bemächtigt hatte, begann ihre Aufmerksamkeit sich zwischen ihnen aufzuteilen, denn beide waren sie imstande, Mary zu beleben. Jetzt aber, da Tommy die Universalität des Seins besaß, konnte es für Mary keinen Zweifel geben, wem sie zu folgen hatte.

Sie würdigte Lowry, der da unten auf dem Bürgersteig lag, keines Blicks. Sie schaute zu Tommy auf und lächelte ihn zärtlich an. Tommy lächelte zurück, und Arm in Arm wandelten sie davon.

Lowry versuchte ihnen etwas nachzurufen, aber sie beachteten ihn nicht. Sie verschwanden um die Ecke.

Alles Leben auf der Straße sackte daraufhin allmählich in sich zusammen. Allmählich, aber nicht ganz. Hier und da war noch das leise Zucken einer Marionette zu bemerken. Hier und da bewegten sich Lippen, ohne ein Geräusch hervorbringen zu können. Lowry starrte entsetzt umher.

Für ihn war die Welt beinahe tot!

Sein Körper war so schwer, daß er ihn kaum noch rühren konnte. Aber er wußte, daß er die Verfolgung aufnehmen, die beiden finden und die geraubte Lebenskraft wiedergewinnen mußte. Nur ein Achtel lebendig in einer Welt scheinbarer Leichen zu leben würde ihn um den Verstand bringen!

Und Mary!

Wie konnte sie ... Doch auch sie war nur eine Marionette. Eine Puppe wie alle andern. Sie konnte nichts dafür. Die Schuld lag allein bei Tommy. Tommy, den er für seinen Freund gehalten hatte!

Trotz größter Qualen schleppte er sich voran, Zentimeter für Zentimeter, kroch über die leblos im Sonnenschein hingesunkenen Körper. Er spürte, wie heiß es wurde, und fühlte sich unendlich müde. Konnte er nur ein Weilchen ausruhen, dann gelangte er vielleicht wieder zu Kräften. In einem Vorgarten sah er einen dicht belaubten Busch, der sich als Versteck anbot, und krabbelte in den kühlen Schatten. Nur ein wenig ausruhen - und dann auf, um Tommy und Mary zu finden!

KAPITEL VIII

Es fing schon an zu dunkeln, als er erwachte. Er streckte seine steifen, unterkühlten Glieder. Momentan gelang es ihm nicht, sich an die jüngsten Ereignisse zu erinnern; er rappelte sich auf die Knie und wußte nur, daß er etwas Bestimmtes tun mußte, konnte es aber nicht beim Namen nennen. Diese Lethargie! Trübte sie auch sein Gehirn?

Aber nein, seinem Gehirn fehlte nichts. Ja! Tommy und Mary - und die Welt der Scheintoten!

Der unbequeme Schlaf hatte ihm sicher nichts genützt. Oder doch?

Er spähte unter den Zweigen hervor. Auf der Straße waren Leute unterwegs, also konnte Tommy wohl nicht weit sein, und Lowry selbst bezog einen Teil jener Kraft, die ihn gemeinsam mit den anderen Marionetten belebte. Vielleicht würde ihm das helfen! Falls er es schaffte, sich Tommy zu nähern, dann könnte er, durch Tommys Wirkung unterstützt, den Verlust vielleicht rückgängig machen.

Er lauerte in den Schatten der Straße und hielt Ausschau nach Tommy - leider vergebens. Hielt sich Tommy vielleicht in einem dieser Häuser auf? Nahm er gerade eine Mahlzeit ein? So daß er durchs Fenster schauen und die Straße sehen konnte?

Es konnte noch eine andere Erklärung geben. Vielleicht war zu erwarten, daß all diese Marionetten - einschließlich Lowry selbst - ihr vorgespiegeltes Leben jetzt ganz normal fortsetzten, weil Tommy eben die universale Lebenskraft besaß. Aber Lowry wußte Bescheid, die anderen nicht ...

Er trat aus der Deckung hervor. Neben dem Briefkasten an der Ecke stand ein Mann. Vielleicht wußte er, wo Tommy zu finden wäre. Lowry versuchte, möglichst unbekümmert zu wirken, und schlenderte auf den Mann zu. Er wollte gerade den Mund öffnen und Fragen stellen, als sein Herz einen Satz machte.

Es war Tommy selbst!

Tommy, mit einem höhnischen Zucken um die Mundwinkel. Tommy mit dem verschlagenen Blick.

Lowry wirbelte herum und rannte davon. Aber da es hinter ihm still blieb, verlangsamte er sein Tempo und schaute sich um. Der Mann an der Ecke sah ihm nach, und ein leichtes, munteres Gelächter hing in der Luft.

Warum konnte er ihm nicht in die Augen sehen? Mußte er ihn im Schlaf überraschen, um die verlorene Lebenskraft zurückzustehlen?

Lowry hielt inne. Ließ sich die Sache nicht gescheiter anpacken? Konnte er möglicherweise einige Marionetten in die fatalen Zusammenhänge einweihen und sie auf seine Seite ziehen? Mit vereinten Kräften konnten sie Tommy vielleicht überwältigen, um dieses kostbare Gut wiederzugewinnen, das rechtmäßig der ganzen Welt gehörte.

Er ging weiter, auf der Suche nach einem offenen Ohr für seinen Schlachtplan. Hinter einem Lattenzaun sprengte ein Mann seinen Rasen; Lowry blieb stehen und versuchte ihn heranzuwinken. Mit dem Schlauch in der Hand spazierte der Angerufene träge auf ihn zu.

Lowry wollte gerade zum Sprechen ansetzen, als er

das Gesicht des Mannes gewahr wurde. Trotz der tiefen Dämmerung bestand kein Zweifel!

Es war Tommy!

Lowry schoß herum und raste davon. Wieder hing das schwerelose Gelächter in der Abendluft.

Er verschnaufte und unterdrückte mit aller Macht die Panik, die in ihm hochstieg. Er brauchte jetzt nicht den Kopf zu verlieren; er hatte sicher noch eine Chance. Nicht jeder konnte Tommy sein.

Kurz darauf entdeckte er eine heimwärts eilende Frau. Er mußte ihr Bescheid sagen, und sie würde ihren Mann informieren ... Ja! Anders ging es nicht.

Er erhob die Hand. Die Frau wich ihm zunächst aus, aber da er nicht bedrohlich wirkte, ließ sie ihn sprechen. Er hatte kaum ein Wort über die Lippen gebracht - da erkannte er sie.

Es war Mary!

Sein Herz tat einen Sprung. So ein glücklicher Zufall - er hatte sie allein angetroffen! Er konnte sich verteidigen, sie anflehen ... Wieder setzte er zum Sprechen an.

Aber Marys Miene drückte nur Verachtung aus. Sie drehte ihm den Rücken zu und eilte davon.

Lowry brauchte ein paar Sekunden, um die Enttäuschung runterzuschlucken. Aber er wollte sich keine Niederlage eingestehen. Hier kamen drei Studenten. Die würden ihm noch am ehesten gehorchen, und außerdem waren sie durch Streifen am Ärmel als Athleten ausgewiesen. Er stellte sich vor sie hin.

Sie blieben stehen und sahen ihn erwartungsvoll an. Er machte den Mund auf - und klappte ihn wieder zu. Der Reihe nach wurde jedes Gesicht, in das er sah, zu Tommys Gesicht! Und aus jedem Gesicht starrte ihm dasselbe höhnische Lächeln, blitzte ihm der gleiche, bösartig verschlagene Blick entgegen.

Lowry trat einen Schritt zurück und entfernte sich rückwärts weiter. Er wirbelte herum, rannte davon und schöpfte erst in der Deckung des nächsten Häuserblocks Atem.

Dort stand eine Frau, aber er wußte bereits, daß es zwecklos war, sie anzusprechen, denn schon aus drei Meter Entfernung konnte er im Licht der Straßenlampe erkennen, daß er wiederum Mary vor sich hatte. Beschämt zog er seinen Hut tief auf die Stirn herab und latschte hängenden Kopfes an ihr vorbei; erst als sie außer Sichtweite war, verfiel er wieder in seinen gehetzten Trab.

Er flüchtete an anderen Fußgängern vorbei, und jeder, der ihn ansah, besaß entweder Tommys oder Marys Gesichtszüge. Nach einer Weile begannen sie ihn gelegentlich anzurufen.

»Hallo, Jim«, grüßte ihn Tommy jedesmal höhnisch.

»Ach, du bist es, Jim«, sagte Mary.

Die niedersinkende Finsternis und das dürftige Licht der Straßenlaternen lasteten Lowry schwer auf der Seele. Erst wurde es allmählich wärmer, dann schlagartig kalt. Die Häuserfronten standen frostig und teilnahmslos in der düsteren Nacht; die erleuchteten Fenster glichen glühenden Augen, die Lowry spöttisch anstarrten.

»Hallo, Jim.«

Und dann wieder: »Oh, du bist es, Jim.«

Auf der dunklen Bühne der Rasenflächen bevölkerten hingekauerte Sträucher die Nacht mit bizarren Phantomen. Kleine Schatten flitzten Lowry um die Füße und streiften manchmal weich und pelzig seine Waden. Als er einmal vom Bordstein heruntertrat, sah er, wie eine schuppige Kreatur sich etwas zu spät vor seinen Augen auflöste.

Dann aber schwebte Tommys Gesicht, ganz allein, schaurig vor dem grauschwarzen Hintergrund der Nacht. Es war eine unkörperlich schwache, verschwommene Erscheinung, aber das Grinsen war unverkennbar, und die verschlagenen Augen ließen ihn nicht los. Das Gesicht entschwand; übrig blieb nur das Glitzern der Augen.

Vor ihm hatte eine Gestalt zu tanzen begonnen; sie wartete, bis er sie beinahe erreicht hatte, um dann außer Reichweite zu huschen, erneut zu tanzen und ihn heranzuwinken. Die Bewegungen erfolgten in einer Manier, die ihn überdrüssig erkennen ließ, wen er vor sich hatte. Es war Mary, mit einer Ausstrahlung kalten Hohns. Was hatte sie vor, und wohin führte sie ihn?

»Hallo, Jim.«

»Ach, du bist es, Jim.«

Wabernde Schatten und das eisige Starren trostloser Fassaden. Schatten auf den Rasenflächen und halb versteckt hinter Bäumen. Weiches Gewusel dumpfer Geschöpfe, die ihm blind an die Beine stießen; ein großer Schatten, der weit seine Flügel breitete, um gleichsam die ganze Stadt zu verschlingen.

Nebelhaft flattrige weiße Gespinste vertrauter Antlitze schwebten vor ihm her: Tommy und Mary. Mary und Tommy.

Von oben her beirrte ihn ein Schwirren wie von Fledermäusen. Von unten her stöhnte es tief und kehlig. Und in den Duft frisch gemähten Grases und grünender Pflanzen mischte sich der Anflug eines Parfüms, das er nicht bestimmen konnte. Ein Parfüm ... so unwirklich wie die Gesichter, die stets vor ihm schwebten, stets entwichen. Ein Parfüm - Marys! Marys Parfüm. Vermischt mit dem Duft exotischen Tabaks. - Exotischer Tabak? - Tommys Tabak.

Die mächtige dunkle Wolke schwoll und schwoll, die Lampen trübten sich, die Schatten wurden tiefer und begannen, in einer gewissen Entfernung ruckartig neben ihm her zu stolzieren. Jeder Schatten blieb nur so lange an seinem Fleck, bis Lowry ihn erreicht hatte; dann schloß er sich den anderen an und marschierte mit. So wurde es immer dunkler ringsum, immer undurchdringlicher. Auch die Geräusche wurden erstickt, die Gerüche ... Lowry nahm nur noch die dünne Andeutung eines höhnischen Lächelns wahr, das nach und nach entschwand, sich ins Unendliche zurückzog.

Völlig entkräftet lehnte er sich ans Geländer einer kleinen Steinbrücke hinter der Kirche und lauschte den Worten des Wassers: »Ach, du bist es, Jim.« - »Hallo, Jim.«

Am anderen Ende der Brücke stand ein dunkler, dichter Schatten: eine Gestalt mit einem Schlapphut auf dem Kopf und einem schwarzen Umhang, der bis zu den Schnallenschuhen hinabreichte. Der düstere Kerl flocht sorgfältig einen Strick, Strang um Strang. Lowry wußte nur, er würde sich jetzt ein wenig ausruhen und dann über die Brücke zum Mann der Finsternis gehen.

»Ach, du bist es, Jim.«

»Hallo, Jim.«

Leise kleine Murmelstimmen, fast unhörbar, die langsam verklangen. Und droben war nicht einmal mehr das Hohnlächeln auszumachen; am Himmel verblieb nur der unermeßliche Schatten und das leise Klagelied eines Abendwinds.

Im blassen Licht der Straßenlaterne versuchte er das Wasser zu erkennen. Die Stimmen dort unten wisperten kaum noch; sie verschmolzen mit dem leisen, tröstlichen Plätschern des Wasserlaufs.

Lowry erhaschte einen weißen Schimmer auf der dunklen Oberfläche und lehnte sich etwas weiter hinaus. Müde registrierte er, daß er ins Spiegelbild seines eigenen Gesichts blickte. Er sah, wie das Bild sich klärte, seine Augen und sein Mund sich deutlich ausformten. Er konnte fast meinen, sich selbst dort unten zu erblicken, ein weitaus wirklicheres Selbst als diese schwache Person, die sich hier oben auf kalten Stein stützte. Müßig winkte er seinem Ebenbild zu. Es schien sich daraufhin zu nähern. Versuchsweise winkte er noch einmal, winkte es heran. Wieder kam es näher.

Plötzlich entschlossen, streckte er beide Arme danach aus. Auf dem Wasser war das Bild verschwunden, aber fort war es nicht.

Jim Lowry richtete sich auf. Erhobenen Hauptes atmete er in einem langen, tiefen Zug die frische Abendluft ein und schaute zu den Sternen am Himmel auf. Er wandte sich um und sah den Boulevard entlang, sah Menschen beim Abendspaziergang, die den Duft frisch gemähten Grases genossen. Er blickte zurück und sah am anderen Ende der Brücke den guten alten Billy Watkins, der an einem Stein lehnte und behaglich sein Pfeifchen schmauchte.

Trotz des schweren Kummers in seinem Herzen überquerte Jim Lowry die Brücke fast mit einem Gefühl des Triumphs, um den gemütlichen Nachtwächter am anderen Ufer anzusprechen.

»Oh! Hallo, Professor Lowry.«

»Hallo, Billy.«

»Ein schöner Abend.«

»Ja ... ja, Billy. Es ist ein schöner Abend. Ich möchte Sie um einen Gefallen bitten, Billy.«

»Stets zu Diensten, Jim.«

»Kommen Sie mit.«

Old Billy klopfte seine Pfeife aus und schloß sich dem Professor schweigend an. Old Billy war in langen Dienstjahren zu einiger Weisheit gelangt. Er witterte Lowrys Gemütsverfassung und drängte sich nicht auf; er begleitete ihn nur still durch die abendliche Frühlingsluft.

Sie gingen ein paar Straßen weit, bis Jim Lowry in den Gartenpfad zu Tommys Haus einbog. Der herrschaftliche alte Wohnsitz lag im Dunkeln, schien sie aber dennoch zu erwarten.

»Sie haben wahrscheinlich einen Schlüssel, der in diese Tür paßt, Billy.«

»Ja, habe ich; es ist ein ganz gewöhnliches Schloß.«

Old Billy drehte den Türknauf herum, tastete nach dem Lichtschalter für die Diele, machte das Licht an und trat zur Seite, um Lowry vorangehen zu lassen.

Jim Lowry führte ihn zur Hutablage in der Diele und zeigte ihm eine Damentasche, die hier neben einem Damenhut lag. Des weiteren einen länglichen Herrenhut, auf halbem Weg zwischen Hutablage und Wohnzimmer; das Hutband trug die Initialen: » J. L. «

»Kommen Sie mit, Billy«, bat Lowry mit ruhiger, beherrschter Stimme. Als sie am Wohnzimmer vorbeikamen, sah Old Billy abgebrochene Stuhlbeine und einen umgestürzten Aschenbecher.

Jim Lowry hielt ihm die Küchentür auf und drehte das Licht an. Hier war das Fenster zerbrochen.

Irgendwoher war ein Maunzen zu vernehmen; Jim Lowry öffnete die Kellertür. Mit stetigen, langsamen Schritten stieg er durch frische Spinnweben eine kurze Treppe hinab. Eine halb wahnsinnig wirkende Perserkatze schoß an ihnen vorbei und flüchtete aus dem Haus.

Jim tastete nach dem Lichtschalter. Einen Moment lang schien es, als ob er die Kellerlampe nicht andrehen würde; aber nur einen Moment lang. Die nackte Glühbirne überflutete den Keller mit Licht und ließ scharf umrissene Schatten schwingen.

Mitten auf dem harten Erdboden des Kellers war eine unregelmäßige Grube ausgehoben worden; eine Schaufel stand verlassen daneben.

Jim Lowry ergriff das Kabel und hob die Lampe an, so daß ihr Licht in die Kohlengrube strömte.

Der Griff einer von geronnenem Blut schwarz verschmierten Axt ragte ihnen entgegen. Aus dem Kohlenhaufen stach etwas Weißes hervor.

Old Billy trat an den dunklen, staubigen Haufen heran und schob ein paar Briketts beiseite. Eine kleine Lawine rasselte herunter und legte das zerschmetterte, zerhackte Gesicht von Tommy Williams frei. Rechts neben ihm, den Kopf zurückhängend, die gebrochenen

Augen auf die Deckenbalken fixiert, den blutverkrusteten Arm weit von sich gestreckt, lag eine andere Leiche - Mary, Jim Lowrys Frau.

Old Billy sah Jim Lowry einige Minuten lang schweigend an, bis Jim monoton zu sprechen begann. »Samstag nachmittag habe ich es getan. Samstag abend kam ich zurück, um das belastende Material zu finden, das ich hier zurückgelassen hatte - meinen Hut -, und um die Leichen zu verstecken. Am Sonntag kam ich noch einmal - ich mußte durchs Fenster einbrechen, weil ich den Schlüssel verloren hatte.«

Jim Lowry sank auf eine Kiste nieder und vergrub sein Gesicht in den Händen. »Ich weiß nicht, warum ich es getan habe. O Gott, vergib mir, ich weiß nicht warum. Als ich Marys Hut entdeckt hatte, fand ich sie hier unten, wo sie sich versteckt hatte. Alles drehte sich im Kreis, ich konnte nicht mehr hören, was die beiden mir zuschrien, und ... da hab' ich sie umgebracht.« Er schluchzte heftig auf. »Ich verstehe selbst nicht, warum ich keinen klaren Gedanken fassen konnte - eine durch Malaria bedingte Störung des Gehirns - ein eifersüchtiger Tobsuchtsanfall ...«

Old Billy bewegte sich ein wenig. Der Kohlenhaufen verrutschte, weitere Briketts rasselten herunter. Tommys Arm rutschte heraus. Er schien sich Lowry entgegenzurecken, und die kalte Faust krampfte sich um einen Zettel, als wolle Tommy im Tode noch stumm eine Erklärung anbieten.

Old Billy zog das Papier hervor und las:

Tommy, alter Geniesser,

Nächste Woche hat Jim Geburtstag. Ich will ihn mit einer Party überraschen. Ich werde Samstagnachmittag bei Dir vorbeikommen: Du kannst mir helfen, eine Liste seiner Freunde zusammenzustellen, und für die Zubereitung des Teufelsrums vertraue ich auf Deinen fachmännischen Rat. Aber laß ihn ja nichts davon hören!

Mit herzlichen Grüßen,

MARY

Irgendwo hoch oben hing ein melodisch klingendes Gelächter: ein hohes, schadenfrohes Kichern, hämisch, höhnisch und böse.

Aber sicher seufzte da nur der Wind unter der Kellertür.

ÜBER DEN AUTOR

L. Ron Hubbard, der schon zu Lebzeiten legendäre Autor dieses Werks, wurde 1911 als Sohn eines US-Marineoffiziers geboren. Er wuchs in der Weite des amerikanischen Westens heran und gewöhnte sich in der Kindheit an ein rauhes, naturverbundenes Leben; und schließlich kam er selbst aufs Meer hinaus. So wurden die Cowboys und Indianer, die Prärien und Gebirgsketten von Montana bald durch ganz andere Eindrücke kontrastiert: Fahrten auf hoher See, uralte Tempel und das Gewimmel des Fernen Ostens, den er als Teenager kennenlernte. Bis zum Alter von neunzehn Jahren hatte er auf seinen Reisen bereits über 400.000 Kilometer zurückgelegt. Was er sah und erlebte, zeichnete er in einer Reihe von Tagebüchern auf, in die sich bereits literarische Ideen mischten.

Nach seiner Rückkehr in die Vereinigten Staaten führten seine Entdeckerfreude und Abenteuerlust ihn als wandernden Kunstflieger an den Himmel hinauf; durch Geschick und Wagemut gelangte er hierbei rasch zu einigem Ruhm.

Er kehrte dann auf den Ozean zurück, diesmal an Bord eines Viermastschoners, um Expeditionen in die Karibik zu leiten. Dort erwarteten ihn weitere spannende Erlebnisse, die ihm als Vorrat für seine spätere schriftstellerische Tätigkeit dienten.

Aus seinen Reisen und der persönlichen Erfahrung mit 21 verschiedenen Rassen und Kulturen schöpfend, brachte er eine erstaunliche Fülle an Erzählungen hervor: Abenteuer in der Luft, auf dem Lande und zur See, Wildwestromane, Krimis und Detektivgeschichten - eine breite Unterhaltungspalette, die einen stetig wachsenden Leserkreis in ihren Bann zog.

Wie andere führende Belletristen jener Ära folgte Hubbard 1937 dem Ruf nach Hollywood, wo er sich schon bald als Drehbuchautor populärer Filme einen Namen machte; ein Kassenmagnet wurde zum Beispiel die von Columbia produzierte Serie *Das Geheimnis der Schatzinsel.*

Das Verlagsimperium Street and Smith, besorgt über

den nachlassenden Absatz seines bedeutenden Magazins „Astounding Science Fiction", rief 1938 die besten Abenteuerschriftsteller der USA dazu auf, einen neuen Ansatz zu wagen. Die Aussicht, Science-fiction zu schreiben, war für L. Ron Hubbard zwar faszinierend, aber er gab zu bedenken, daß im Mittelpunkt seiner Erzählungen nicht „Maschinen und Geräte", sondern Menschen stünden. „Genau das wollen wir", lautete die Antwort. Das Resultat machte Geschichte.

Von Street and Smith ermuntert, schrieb L. Ron Hubbard eine Fülle an Erzählungen, die das Spektrum dieser Literaturgattung ausweiteten und ihm als einem der Gründungsväter des „goldenen Zeitalters der Science-fiction" bleibenden Ruhm sicherten.

Hubbard überschritt die Grenzen der bloßen Science-fiction, indem er seine Leser mit erregenden, neuartigen Phantasien auf die Folter spannte. Um die offensichtliche Nachfrage zu stillen und dem entstehenden Fantasy-Markt ein Forum zu verschaffen, gründete Street and Smith ein Magazin mit dem Namen „Unknown".

Das Grauen erschien erstmals in der „Unknown"-Ausgabe vom Juli 1940; die Leser waren überrascht. Hier wurden für die Horrorliteratur neue Maßstäbe gesetzt. Ray Bradbury hat geäußert, die Lektüre dieser Erzählung habe ihm in seiner eigenen schriftstellerischen

Karriere als entscheidende Anregung gedient; er war so beeindruckt, daß er sogar eine Hörspielfassung inszenierte. *Das Grauen* hat sich zweifellos als denkwürdigste Geschichte des „Unknown"-Magazins er-wiesen.

Der zweite Weltkrieg begann; L. Ron Hubbard wurde Mitte 1941 zum Dienst in der US-Marine eingezogen. Als die 40er Jahre endeten, schrieb er keine Romane mehr, denn seine Kriegserlebnisse hatten ihm eindringlich bewußt gemacht, daß die tieferen Ursachen der menschlichen Grausamkeit gegen den Menschen erforscht werden mußten. Während der nächsten 32 Jahre widmete er sich der Forschung; die viele tausend Seiten umfassenden Ergebnisse veröffentlichte er in zahlreichen Sachbüchern und Artikeln über die Natur des Menschen.

Zur Feier seines 50jährigen Jubiläums als professioneller Schriftsteller schrieb er jedoch 1982 den internationalen Knüller *Kampf um die Erde*, den kolossalsten Science-fiction-Roman aller Zeiten. Durch ihre beispiellose Popularität wurde diese Heldenerzählung weltweit zum Verkaufsschlager, belegt durch die Bestsellerlisten der Sunday Times, der New York Times und vieler anderer Medien. In den USA zum Beispiel hielt sich das Buch 32 Wochen lang auf nationalen Bestsellerlisten.

Aber sein abschließendes Meisterwerk in der Science-fiction kam erst noch. Im Anschluß an *Kampf um die*

Erde setzte sich Hubbard an den Schreibtisch und vollbrachte, was wenige seiner Kollegen zu träumen wagten - von der Verwirklichung ganz zu schweigen. Er schrieb das zehnbändige (satirische) Science-fiction-Werk *Mission Erde*. Dieses tempogeladene, humorvoll geschilderte Abenteuer, gespickt mit ätzenden gesellschaftlichen Kommentaren zur heutigen Zivilisation, erweiterte die Science-fiction-Literatur um eine völlig neue Dimension. Wieder hatte L. Ron Hubbard zum Ergötzen seiner Millionen Leser einen neuen Trend ausgelöst.

Aber das allein genügte ihm nicht. Ein Leben lang hatte er sich bemüht, nicht nur das Publikum zu unterhalten, sondern Menschen zu helfen. 1984 beschloß er, hoffnungsvolle Autoren beim Stapellauf ihrer Karriere im harten Konkurrenzkampf des literarischen Marktes zu unterstützen. Zu diesem Zweck rief er für neue Science-fiction-Autoren den internationalen Kurzgeschichten-Wettbewerb „Writers of the Future" (Schriftsteller der Zukunft) ins Leben. Der Wettbewerb weitete sich rasch aus, und bald erschien alljährlich eine Anthologie der Siegerbeiträge. Den neuen Autoren wurde damit eine bedeutende Anerkennung zuteil, die ihren weiteren Weg in der Verlagswelt erleichterte. Das Prestige dieses Programms wuchs, und 1989 machte sich der Schriftstellerverband bei den Vereinten Nationen zum Gastgeber der jährlichen Preisverleihung des von L. Ron Hubbard geschaffenen Wettbewerbs. Im selben Jahr kam ein anderes Programm in Gang, das L. Ron Hubbard konzipiert hatte, nämlich um aufstrebenden Künstlern zu helfen: der Wettbewerb „Illustrators of the Future". Schon bald wurde aus aller Welt eine Flut von Illustrationen eingereicht.

Am 24. Januar 1986 schied L. Ron Hubbard aus diesem Leben. Sein literarisches Vermächtnis umfaßt über 330 Romane, Kurzromane, Kurzgeschichten und dramatische Werke, die eine breite Vielfalt von Themen umfassen - einschließlich Abenteuergeschichten, Western, Krimis, Fantasy und Science-fiction. Bis Ende der 80er Jahre waren von seinen erzählenden Büchern bereits über 44.000.000 Exemplare verkauft.

L. Ron Hubbards Belletristik ist in 66 Ländern rund um die Welt erhältlich, und Übersetzungen gibt es in einem Dutzend verschiedener Sprachen. Unveröffentlichte Werke aus seinem literarischen Nachlaß sowie die enorme Bibliothek seiner existierenden Klassiker werden in den kommenden Jahren weiter zugänglich gemacht, indem sie als Erst- oder Neuausgaben erscheinen und für Film oder Fernsehen bearbeitet werden.

Als Herausgeber sind wir stolz, Ihnen eines der klassischen Meisterwerke von L. Ron Hubbard vorgelegt zu haben: *Das Grauen*.

„ICH FREUE MICH IMMER, VON MEINEN LESERN ZU HÖREN.“

L. Ron Hubbard

Dies waren die Worte L. Ron Hubbards, der zu aller Zeit sehr daran interessiert war, von seinen Freunden und Lesern zu hören.

Er machte es sich zur Regel, mit allen, die er im Laufe seiner fünfzigjährigen Karriere als professioneller Schriftsteller kennenlernte, in Kommunikation zu bleiben, und korrespondierte mit Tausenden von Fans und Freunden aus aller Welt.

Der Verleger der literarischen Werke L. Ron Hubbards wünscht diese Tradition fortzusetzen, und Briefe und Kommentare von Ihnen, seinen Lesern, sowohl von alten als auch neuen Lesern, wären ihm sehr willkommen.

Jede an den Direktor für Autorenangelegenheiten (Author´s Affairs Director) bei der untenstehenden Adresse gerichtete Mitteilung wird sofortige und volle Aufmerksamkeit erhalten.

NEW ERA Publications Deutschland GmbH
Bahnhofstraße 40
D-21629 Neu Wulmstorf